醉美文摘
Zuimei
Wenzhai

醉美文摘

一路开花 陈晓辉／主编

别样的路 多彩的梦

煤炭工业出版社
·北 京·

图书在版编目（CIP）数据

别样的路　多彩的梦 / 一路开花，陈晓辉主编 . --
北京：煤炭工业出版社，2018（2023. 2 重印）
（醉美文摘）
ISBN 978 - 7 - 5020 - 7021 - 2

Ⅰ. ①别…　Ⅱ. ①一…　②陈…　Ⅲ. ①故事—作品集—
世界　Ⅳ. ①I14

中国版本图书馆 CIP 数据核字（2018）第 248249 号

别样的路　多彩的梦（醉美文摘）

主　　编　一路开花　陈晓辉
责任编辑　马明仁
编　　辑　郭浩亮
封面设计　宋双成

出版发行　煤炭工业出版社（北京市朝阳区芍药居 35 号　100029）
电　　话　010 - 84657898（总编室）　010 - 84657880（读者服务部）
网　　址　www. cciph. com. cn
印　　刷　北京飞达印刷有限责任公司
经　　销　全国新华书店

开　　本　710mm × 1000mm 1/16　**印张**　14　**字数**　220 千字
版　　次　2019 年 1 月第 1 版　2023 年 2 月第 4 次印刷
社内编号　9901　**定价**　46. 00 元

目录
Contents

01 第一辑
Chapter One

Chapter Two

第三辑 Chapter Three

第四辑 Chapter Four

第五辑 Chapter Five

第一辑
Chapter One
Zuimei Wenzhai
醉美文摘

那一串爱的风铃

文／阿拉蕾

我是幸福的，因为我爱，因为我有爱。

——白朗宁

那是发生在十年前的真实故事。

像往常一样，下班后我匆忙地往家赶。到了楼下，我并不急着去按防盗门的密码锁，而是走到一楼 101 室的阳台前，拉开铝合金窗。这个小动作从一年前开始就变成了一种习惯。

我踮起脚，手探进窗，摸到绳，熟练一拉，屋内顿时就响起了悦耳的“叮咚”声。随着声音，跑出了一位小女孩，对我一笑，转身便出来开门。门开了，看着探出的小脸，我蹲下身，疼爱地摸摸她的头。

“佳佳真乖，来和阿姨问声好。”我用手指着嘴比划着，小佳佳憋红了脸，很费劲地喊出了“阿…你…袄（阿姨好)”。

走进客厅，就可以看见客厅中央挂着一串紫色风铃，很醒目，很漂亮。风铃上特别系上了两根细绳，其中一根长长地连到阳台的窗上。只要轻轻一拉，风铃就会自动旋转，发出声响，就像是紫色的精灵在唱歌。

我拿出识字画报奖励佳佳，佳佳一见立刻咧开嘴笑了。我让她看着我的嘴型，一遍遍教她发音。孩子学得很认真，很吃力地发出每个音“哇朵，哇朵……（花朵）”，我很开心，不停地伸出大拇指表扬她。

这时，客厅里的风铃“忽啦啦”地旋转起来，看着转动的风铃，佳佳笑着跑了出去。看见佳佳母亲回来，我便告辞回家。

一年前，佳佳搬到楼下住，因为是出租户，刚开始我并没去理会。只是每次傍晚散步时，总会听见屋里大人说话的声音特别大，像是在教孩子识字，一遍又一遍。可奇怪的是根本听不到孩子说话，我百思不解。直到和佳佳妈妈熟悉后，才知道孩子的情况。

佳佳快两岁时，因为突如其来的高烧而变成聋哑人。父母到处寻医问药，都无济于事。看着可爱的孩子无法开口，夫妻俩心都要碎了，他们说无论如何，哪怕只有万分之一的希望，也要让孩子学会说话。

要让聋哑人开口说话，听起来简直是天方夜谭，可他们仍是希望奇迹能够发生。佳佳妈妈先是找聋哑学校老师学习如何发音，然后夫妻俩开始有意识地从最简单的“爸爸，妈妈”开始训练，一天又一天，锲而不舍……

在佳佳三岁那年，有一次妈妈不小心滑倒在地，疼得起不了身。就在这时，一声含糊的“妈妈”从身后传来，妈妈简直不敢相信，怀疑自己听错了，再看佳佳，一双小手扶着她的胳膊，小脸憋红，急得要哭。

我可以想象当时的情境，那一声轻轻的“妈妈”，定会让佳佳的母亲激动地潸然泪下。那声音虽然含糊不清，却是妈妈心中最美妙的声音。

佳佳的故事让我感动，心里更是涌起了一种情愫，那就是帮帮这个孩子，从此，我走进了这个特殊的家庭。更让我欣慰的是，邻居们知道佳佳的事后，也自发地加入了这个爱心队伍。

因为不会说话，佳佳特别自卑，怕见陌生人，更怕别人看她的异样目光。大家都在想着如何才能改变佳佳的性格。有一天，我下班回家，在开防盗门时，我一扭头看见佳佳站在阳台上。我朝她笑笑，她很害羞地低下头。这时，我突然有了好主意，让佳佳做好事，每天出来帮邻居开门，然后我们每人教她说话，哪怕一个词。

一“听”到是为大家做好事，佳佳很开心，不断地点头。但是佳佳是聋哑人根本听不到，该怎么办，这时佳佳爸爸就想出了好办法。在客厅挂一个风铃，只要风铃一转，佳佳就会看见。这个方法真的不错，以后只要风铃哗啦啦地旋转，就会有一位可爱的小姑娘出来为你开门。邻居们像是商量好似的，回家后总会自然地拐到101阳台，拉开永不上锁的蓝色窗户，手探进去轻轻一扯，然后微笑着等待那句最美的童声问好。

就这样，紫色风铃成了我们小区一道别样的风景。佳佳变了，不再惧怕陌生人，常常会站在阳台上，一看见有人回来，就主动地跑去开门。而我已经习惯了，很自然地拐过去，用手去拉拉那串有爱的风铃。

随着时间的流逝，也许会抹去些许记忆，然而那一串爱的风铃却时刻在我的心房旋转，成为永不褪色的记忆。有时候，你不经意间的付出，会让人心生感动。因为有爱，这个世界温暖如花。

我需要记着他的好

▶ 文 / 雷碧玉

友谊是一棵可以庇荫的树。

——柯尔律治

拜伦小时候是个乖孩子，可美中不足的是，腿脚有缺陷。一次在街上，一个男孩盯着拜伦直喊“跛脚”，拜伦哭着和他争吵起来。一个叫鲍比的男孩为他解了围，从此以后，两人成了好朋友，那些曾经嘲笑拜伦的同学再也不敢讽刺拜伦了。

但是鲍比平时喜欢和学校里的小混混玩在一块，而拜伦却是老师心目中的好学生。接连几次考试，拜伦的成绩都名列前茅，而鲍比总是倒数。

年长一岁的拜伦趁着一次放学的机会找到鲍比，说：“鲍比，我们一直是好朋友，你要听我的劝不能荒废了学业，要把时间多放在学习上。”鲍比愣了片刻，说：“你来教训我？在学校里，可一直都是我罩着你。信不信，我与你绝交后，你马上就会受欺负。”拜伦无可奈何地走了。

第二天拜伦在回家的路上，遭遇到几个小混混，对方扬言："如果鲍比和你绝交了，还有人帮你吗？"拜伦被那些人痛打了一顿。拜伦想不明白，为什么自己和鲍比的事所有人都知道了。他不敢确定自己的推测，回到家里后，他一夜没有睡好，不知道该怎么向鲍比求证。

这天早上拜伦刚进校门，就看见了匆匆走过的鲍比，鲍比好像遇到了什么紧急的事情了。到了班里，任课老师告诉大家："鲍比办理了休学手续，他的妈妈昨晚被诊断出得了严重的肺病，需要一大笔钱。"同学们议论纷纷，认为鲍比平时总是和小混混一起，都不愿意为他捐款。而拜伦的满脸伤痕很快就被同学们发现了，有同学站起来说："老师，拜伦同学好像被人打了。"

在老师和同学的再三追问下，拜伦便把自己遭遇小混混的事情说了出来。有同学很奇怪地问："以前你不是从来不与小混混打交道吗？怎么会得罪他们呢？"拜伦只好把与鲍比的友情告诉大家，这时班内吵成了一团。有同学说："没想到鲍比还挺仗义的……"也有同学说："一定是鲍比，他对你的批评怀恨在心，一定是他！"大家都为拜伦受到的委屈抱不平。

拜伦轻轻地从座位上站起来，说："现在我并不确定是他教唆小混混做的，即使是他心存不满，我也不会怪他的。"大家又乱成一团，纷纷说拜伦太过宽容。拜伦接着说："大家知道吗？我们认识将近一年了。当初我来到学校的时候，很胆小，经常受小混混欺负。这么长时间，如果不是他的保护，我恐怕现在还在受欺负。"

这时老师插话了："你建议他努力学习，这是为了他好。无论怎么样，他教唆小混混欺负你都是不能原谅的，他早就忘了你曾经对他的好。"拜伦说："也许他并不觉得我是为他好，即使他忘记了我们的友谊，我也不能忘记，我需要记住他所有的好。"

整个班级都安静了下来，没有人再批评鲍比，只是感动得为拜伦鼓起掌来。后来，大家一起自愿给鲍比捐了一笔钱。当拜伦把钱带到医院，交到鲍比的手中时，鲍比的眼泪顿时流了下来。他紧紧地抱住拜伦，说："对不起，我的朋友，我真后悔当初叫了几个朋友在路上教训你。你现在可以打我骂我，只要你不再计较。"两个好朋友拥抱在一起，拜伦说："我一直都记得你对我的帮助。"

生活中，原本关系很好的朋友，常常会因为彼此的一些争执或矛盾，就耿耿于怀而忘记了过往的日子里彼此的情谊，最终让彼此的友谊戛然而止。心里装满别人的好，才会感受到友谊的温暖，生活的美好。

爱是最好的童话

▶ 文 / 静若秋水

感谢是爱心的第一步。

——西谚

曾经听到过这样一个温情的故事，加拿大男青年麦克唐纳用一枚红别针换到了一栋双层别墅，而同样一个看似无法实现的童话故事，正在地球的另一端中国传播开来。一个女孩用一对价值不过200元的银戒指，换来一栋价值几十万元的教学楼，圆了山区孩子的上学梦，而创造这个温暖童话的就是来自贵州民族大学的学生杨艾青。

生活中的艾青开朗漂亮，乐于助人，闲暇时喜欢看综艺节目。湖南电视台的《变形记》是她很喜欢的一个节目。一天，她看到重庆的两个男孩到贵州山村交换体验生活。山区的贫穷，校舍的简陋，孩子们渴望读书的眼神，让她忍不住流下眼泪。看着教室里斑驳的墙壁，摇摇欲坠的课桌椅，她的心有一种无法述说的疼。一连几天，山区孩子读书的场景不断在她的脑海里回放，她始终忘不了孩子们渴望读书的眼神。如何才能帮助这些孩子呢？除了能寄些吃的用的，其他方面她无能为力。

一天，好友约她去一家咖啡厅参加“以物易物”活动，她欣然应允，心想说不定还能换到心仪的东西。为此，她特地挑了一对银戒指去交换，虽说价格不足200元，但戒指外观秀气漂亮，拿得出手。可到那里后，要换什么物品，她自己心里却没底，吃的用的，好像自己都不缺。思来想去，她决定用这对戒指换一个能打动人心、荡气回肠的爱情故事。

几天后，一位刚毕业的研究生对她讲述了自己的爱情故事，她听得伤感不已，泪流满面。可是，最后这位研究生却婉拒了她的戒指。他说，这对戒指不仅可以交换故事，还可以交换更有意义的东西，可以帮助更多的人，比如灾区的人们，贫困的孩子。

听到能帮助山区的孩子，她的心为之一动，但如何进行交换，她心里没谱。偶然一次，她在电脑上浏览网页，无意间看到了“用别针换别墅”的故事。一位加拿大男子用一枚别针换到钢笔、门把手、啤酒桶，最后换到了一栋双层公寓的居住权。顿时，她灵机一动，我何不学学老外，用这对戒指去换座教学楼，帮助山区的孩子们。

很快，她将自己的大胆想法发到微博上。“我想效仿‘别针换别墅’的故事，用一对戒指为贵州山区的孩子换一栋教学楼。”没想到，这条微博发出短短几个小时，就被网友转发了上千次，变成了一场公益“接力”。

2月5日，艾青清晰地记得，这是第一次交换的时间。一位叫刘堂堂的乌鲁木齐网友，用一块价值3000元的和田玉换走了戒指。很快，又有人用价值不菲的钻戒，换走了和田玉，那是上海网友赵艺宁。另外，在电视剧《给幸福下订单》中柳悦的扮演者，贵州籍影视演员周显欣也积极参与了这次活动，她捐赠了一枚钻戒。艾青拿着一对价值超过3万元的钻戒，满心期待着第三次交换。终于，在2月23日这天，一位上海网友愿出资30万元，帮建一栋教学楼。

与此同时，时任贵州省纳雍县昆寨乡党委书记的李践，通过微博联系到杨艾菁，邀请她到昆寨看看。在颠簸了两个多小时的山路后，艾青到达昆寨。大山里的艰辛，让生活在城里的她无法想象。为了上学，孩子们必须早早起床，翻山越岭，走3个多小时的山路才能到校。心疼的同时，也更加坚定了她完成梦想的决心。

让她欣慰的是，从最初换到的和田玉到万元钻戒，再到上海神秘网友的30万元捐款。仅仅23天，200元就变成了30万元，她的那对银戒指成功地交换到了一栋教学楼。同时，网友的爱心接力依旧在进行中。从免费为学校设计，到捐赠图书，再到援建附属设施，以及各类的爱心捐款……正是有了众多好心人的帮助，让艾青的梦想最终得以实现。

艾青的故事经媒体报道后，感动了所有人。有人说，“梦想一旦付诸行动，就会变得神圣。一个所有人都认为遥不可及的“童话”，在“微公益”“微慈善”的接力中，一步步从梦想变成现实。这一切，也让被负面新闻蒙上阴影的慈善事业，重见温暖的阳光。”

爱，就是最好的童话。

原谅上帝犯的错

▶ 文 / 诗蕾

没有一种服装比爱更合身；没有一种装饰比爱更迷人。有人说无美就无爱，实际正相反：无爱才无美。

——佚名

在一个暖暖的春日，英国作家毛姆像往常一样到公园散步。公园里绿意盎然，各种花儿竞相开放。毛姆悠闲地走在小径上，走过一个弯道时，他发现不远处的椅子上，坐着一位小女孩，低着头，肩膀一耸一耸，似乎在抽泣。

毛姆担心地走过去，轻轻地问："小朋友，我可以坐下来吗？"女孩拿过边上的书包，点点头，算是回应。

坐下后，毛姆打破沉闷，问女孩放学了怎么不回家。女孩摇摇头，依旧不做声。

"孩子，出了什么事？可以给我说说吗？如果你把我当朋友的话。"毛姆尽量以和蔼的口气问道。

听了毛姆的话，女孩侧过身，慢慢抬起头。毛姆大吃一惊，吃惊的不是那双哭红的眼睛，而是她右脸颊上那一大块黑色的胎记，几乎占据了半边脸。他猜到了女孩哭泣的原因。

“是小朋友欺负你了？”

“是的，他们说我丑得像巫婆，没有人愿意和我玩。可妈妈说我像天使一样漂亮，妈妈为什么要骗我？”说到伤心处，女孩又开始流泪。

“孩子，妈妈没有骗你，叔叔也觉得你真的很漂亮。”女孩一愣，惊讶地抬起头，看着毛姆：“叔叔，是真的吗？”

毛姆疼爱地看着女孩，笑着点点头。

“那为什么我的脸和别人不一样？”女孩下意识地摸了摸脸。

“那是上帝他老人家给我们留下的印记。”

“上帝老人留下的？”女孩一脸的诧异。

“是的，我们每个人出生时，上帝都会在我们身上留下与众不同的印记，让你成为这世界上独一无二的你。”

“可我并没见您有印记啊？”女孩左看右看，不放过毛姆脸上任何一处。

“有啊，印记就在我的身上。”毛姆笑着，偷偷用手指指自己的腰侧，继续说：“原本上帝他老人家只将印记藏的地方偷偷告诉你的父母，别人并不知道。”

“可是，我的印记为什么所有人都看得见。”女孩追问道。

“孩子，那天上帝老人一定是太累了，打瞌睡，一分神，就把印记错印在你的小脸上。”

“真的是这样吗？他怎么能这么不小心？”

“孩子，如果一个人犯了错，我们该怎么办？”

“老师说，小朋友犯了错，改好了，我们就要原谅他。”

“真是好孩子。但是，上帝老人也犯错了，我们该怎么办？”

女孩想了许久，不说话。

“上帝老人知道自己犯错了，立刻就弥补了自己的过错。你看，你漂亮的双眼，挺直的鼻梁，微翘的小嘴，白里透红的皮肤，就像天使一样迷人。我说得对吗？”

听了毛姆的夸奖，女孩开心地点点头，自豪地说：“妈妈也这么夸我。”

“你看你笑起来多好看，就像这朵花一样。”毛姆摘下身边一朵粉色小花，戴在女孩的头上。女孩笑了，灿若鲜花。

“你看这些花，虽说有的已经掉了花瓣，有的因为风雨的侵袭已经折弯了腰，但你会说它们不美吗？”女孩注视着眼前的一片花海，若有所思地说，“它们依然很美。”

“孩子，上帝老人已经知错改正了，我们还要生他的气吗？”

女孩摇摇头，说：“既然他老人家已经改正了，我们就要原谅他。”

“如果以后还有不知情的小朋友说你……”

“我会说那是上帝老人不小心犯的错，我已经原谅他了。”女孩说完，高兴地背起书包，和毛姆说了句再见，就蹦蹦跳跳地回家去了。

生活中，我们难免会遇到挫折，只要我们用心用爱去感知世界，那么一切都会变得美好。就像那些残缺的花，不会因为自身的残缺和大自然给予的不公就拒绝开放。

以爱的目光看待每个生命

▶ 文 / 青岚

人间如果没有爱，太阳也会灭。

——雨果

对于爱丁堡阿勒蒲小镇来说，2015 年 5 月 1 日是个悲伤的日子。一大早，镇上的居民就冒雨前来，为一个素不相识的小生命举行葬礼。

孩子是奥斯汀在上班时发现的。奥斯汀是轨道线路检修工，在检查西边的铁轨时，他发现铁轨边上躺着一个用蓝色毛毯包裹住的婴儿，模样差不多 2 个月大。他用手一摸，发现孩子已经没气。报警后，警方介入调查，可经过多方排查，案件依旧没有任何进展。

那段时间，居民们都在讨论这个弃婴的话题。奥斯汀在关注案件进展的同时，也一直牵挂着那个不幸的孩子。他找到镇长亚岱尔，商量该如何处理此事。

镇长思虑片刻，说出了自己的想法，要为这个不幸的孩子举办一次葬礼。

“葬礼？可他只不过是一个2个月大的孩子，更何况孩子的父母也不知道在何处。”奥斯汀很是不解。

“可他也是一条生命！”镇长的话重重敲击着奥斯汀的心。是的，那是一条生命，虽说与我们毫不相干，但一样值得我们尊重。很快，他们俩开始着手操办这场别开生面的葬礼。可会有多少人来参加，他们无法预知，思来想去，他们决定先在报上登一则简单的讣告：

“我们将会在5月1日，为那个不知名的男孩举办葬礼，如果可以，请过来给予这个小生命最后的告别吧。”

让他们没有想到的是，5月1日那天，虽然天下着雨，但是葬礼的现场竟然有上百人参加，奥斯汀的眼睛湿润了。没有人刻意安排这次葬礼的进程，大家自发地用自己的方式送别这个素不相识的小生命。

以杰姆为首的摩托车手，主动为载着小孩棺木的车开道；那位留着络腮胡的艾布特特地穿上苏格兰裙，为孩子吹响安详的基督教赞美诗歌。墓碑上堆满了漂亮的气球和鲜花，德高望重的老牧师罗姆作了最后的祈祷：“可怜的孩子，虽然你在人世间的日子不多，但当你离开时，依然有我们的爱相伴。”

这一场别开生面的葬礼，让我们感受到了人性的善良。小镇人们的善举也赋予了生命新的诠释——每个生命都值得我们尊重。当我们用爱的目光去看待每一个生命，给予他们尊重和爱护时，这里的生命便有了爱的含义。

肩上的尊严

▶ 文 / 王举芳

坚志而勇为，谓之刚。刚，生人之德也。

——《练兵实纪·刚复害》

听说有人专送山泉水，我便寻了地址找去。

“您要几桶？住几号楼几单元？”送水的年轻人憨厚地笑问。

“我要一桶。”说明了住址，我就骑车回家了。

半个小时后，一阵“嗵嗵”的砸门声。是谁这么没有礼貌？开门一看，原来是送水的年轻人。

“我要一桶水，你怎么挑来了两桶啊？”

“两桶都是半桶。”说着，他艰难地蹲下身子，挑起两桶水。

“大姐，不好意思，麻烦您自己把水倒掉行吗？我手不方便。”我这才注意到他的双臂尽头没有手，不禁心头一震。

我家住五楼，便多给了他两元钱作为辛苦费，他执意只要一元，说从三楼开始只加一元钱，不能多要。我看他不肯接受，只好拿回了一元钱。

送的山泉水清澈甘甜，家里人都喜欢喝，要水的日子便多了起来。

时间长了，慢慢我知道了他的故事：他住在离城区十多里路的小山村，几年前出外打工，一次意外事故双臂被炸伤，小臂截肢，从此成了残疾人。父母去世后，他的哥哥把他接到家里，悉心照顾他的生活起居。哥哥靠每天外出送水养家糊口，生活条件并不宽裕。为了减轻哥哥的生活负担，他便练习挑着扁担送水，跟哥哥干起了送水工。

那天他又来送水，我说："高楼层对你来说太困难了，你怎么不送矮一点的楼层呢？"他憨厚地笑笑："哥哥很疼我，他说只让我送一楼的，可是他回家后还要下地干活，比我累得多。"

"那你怎么不去找个轻松点的工作？"

"不瞒您说，有人让我打着残疾人的旗号上街去要钱，说那比送水挣钱多。可我觉得劳动挣钱最光荣，心里也踏实。其实我干送水工不光是为了生计，我觉得残疾人有活干更有尊严。"

"那你怎么不去找找残联想想办法？"

"比我残疾严重的人多得很，我不想和他们去争抢工作机会。再说，我除了没有双手，身体其他部位都是健康的。我还这么年轻，不能拿自己是残疾人说事，我也不希望别人把我当残疾人看，我害怕时间长了，我的心灵也会残疾。做送水工很好，每天看到有那么多人喜欢我送来的山泉水，等着用我的山泉水做饭，我很快乐。"说着，他又笑了。

把送水费塞在他的上衣口袋里，望着他离去的背影我心头涌起无限感慨：是啊，身体残疾是一个现实问题，但绝不能让它再成为一个心理问题。

渐渐的，很多住户都喜欢上了这个残臂的送水工，没有人在意他的残缺。

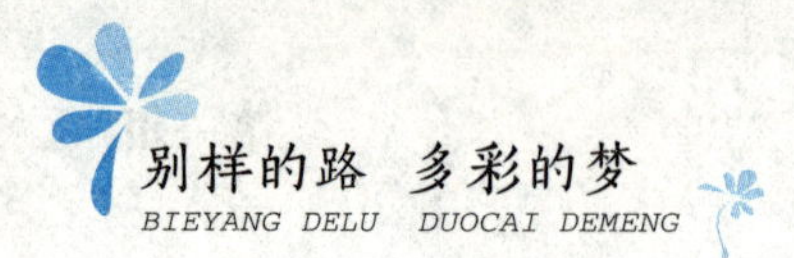

把缺陷活成一种美好

▶ 文 / 王举芳

悲观的人虽生犹死，乐观的人永生不老。

——拜伦

看见她时，我还是深深地惊讶了一会儿。20 岁，身高只有 1 米左右，像一个稚气未脱的孩童。

“这么小巧的身材能干什么呢？”我不禁在心里嘀咕。

那天，主任让我和她去仓库盘点货物。货很多，也很杂，很多时候需要爬到货物堆上清点数目，我自告奋勇说我上去，让她做记录。她笑笑说：“还是我上去吧，我小巧玲珑，身轻如燕。”说着，灵巧地爬上了货物堆。

单位组织去爬泰山，主任说如果她没有力气爬上去，可以去坐索道。她说：“坐索道怎可尽览泰山的风姿，也失去了爬山的意义和目的。我可以慢一点，你们不用等我，咱们在南天门碰头。”她真的没有比我们慢多少。然而“上山容易下山难”，下山的时候，十八盘那长长的台阶对她来说是很大的挑战。我说不如你去坐车吧。她笑笑说：“好吧，我去坐车，但我不是因为我害怕下山，是怕耽误大家的时间。浪费别人的时间就等于浪费别人的生命，这个责任有点大，我可担不起。要是我自己单独来，我肯定是要一步一步走下泰山的。”

有时候走在街上，别人看着她脸上的“沧桑”与不符符的矮矮的身材，都会用一种异样的眼光看她，她回应的总是淡定和从容。我说：“你不介意别人的目光吗？”她说：“别人上街需要精心打扮才能赢得回头率，我不用打扮，回头率就百分百，我为什么要不高兴呢？”

慢慢的，我知道了她的一些事情。

3 岁那年，因为注射青霉素破坏了生长激素，她昏迷了七天，从“死神”那里挣扎着活了过来。8 岁那年上小学，她发现自己的身高一直赶不上别人的，后来，她明白自己不可能再长高了，很苦恼，冲着母亲发脾气。母亲是个个性乐观的人，对她说：“你跟别人没什么两样，别人能做到的你也能。”在母亲的影响下，她变得开朗活泼起来，每逢有调皮的同学嘲笑她的身高，她就笑着说：“等我长大了就长高了。”

她说自从小时候那次“死里逃生”后，她就对生命有了一种特别的敬畏。她说活着就是一种幸运，为什么要自暴自弃呢？

我深深地被这个坚强乐观的女孩打动了。

这个世界上完美无缺的人少之又少，缺陷不是一件可怕的事。只要我们不压抑自闭，内心坚定从容，乐观向上，懂得自省自爱，用善解人意的情怀超越自己身心的局限，也一样可以绽放出美丽的生命之花。

把缺陷活成一种美好，人生的歌便会唱得优雅悠长。

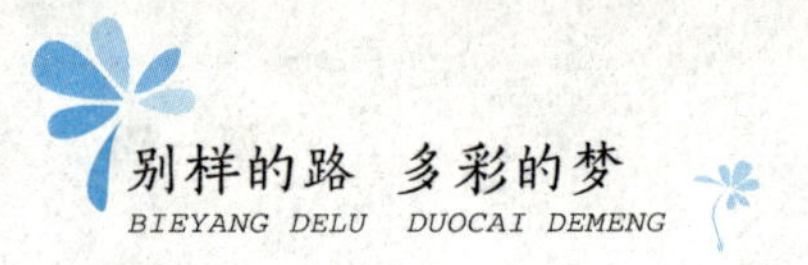

把左手给你，把右手也给你

▶文 / 王举芳

理想是指路明灯。没有理想，就没有坚定的方向；而没有方向，就没有生活。

——列夫·托尔斯泰

她是我的 QQ 好友。

她在 QQ 上对我说：她是一个被父母宠大的女孩，在家里什么活都不干，饭来张口，衣来伸手。我说一个女孩子可不能这样懒惰，将来会嫁不出去的。她说不怕，如果遇到真心爱她的人，会包容她的一切缺点。我说你可真是个任性的女孩。

她说在学校里，老师、同学们都很宠爱她，同桌会在上课前帮她把课本准备好，这还不算，上课的时候还要帮助她掀开作业本，把铅笔递给她。我说你为什么不学着自立？她说我愿意接受别人的帮助，接受别人的帮助我很快乐，别人也很快乐。我说你真是个恃宠而骄的女孩，离开了别人，你可怎么生活？她发过来一个大笑的表情，又发来一个害羞的表情。她说她的身边满满都是爱她的人，才会把她宠得这般懒惰。我说雄鹰不离开地面，永远飞不上蓝天，你不离开别人的帮助，就永远学不会独立和坚强。

良久，她发过来一行字：是他们自愿把左手给我，把右手也给我的。我摇摇头，发过去一个微笑的表情。除了微笑，我还能再说什么呢？

之后好久不曾联系，我不喜欢跟这样一个游手好闲的女孩做朋友。

那天上QQ，看到她的留言：今天我生日，十点左右，同学们会为我在网上过生日，到时候您愿意为我祝福吗？我回复：好！

马上到十点，端坐电脑前，等待为她祝福，虽然她不是我喜欢的女孩，但我还是愿意为她送上生日祝福的。

对话框中她的信息闪起来，我赶忙打开，正是她，她发给我一张照片，是一个女孩大大的灿烂的笑脸，笑脸占据了整个画面："嗨，您好，谢谢阿姨专门守在电脑前为我祝福。您说得对，我一直是个任性的女孩，今天我十八岁了，过了今天，我不会再任性了，我要像阿姨说的那样，做一个自强自立的女孩。"她的笑容是那样甜美，让我忘记了对她的讨厌。我在对话框里打下一行字：真诚地祝你生日快乐！希望你的明天不会再是一味的依赖。

她谢过我之后，说出去和同学吃饭，便下线了。

又是长久的时间不联系。

那天我看她QQ空间有更新，就点了进去，加好友这么久，这是我第一次走进她的QQ空间。

空间里有一段视频，点开，我惊呆了：画面中的女孩正是照片上的她！她用脚指头夹着笔，在本子上写下一行行字，一道道题，甚至画下一幅幅画……接下来是她上公交车的画面。小小的一段距离，却是她“登天”的障碍，她是那样矮小，以至于不能一抬腿就跨到公交车上去。她使足了力气，终于上了公交车。那一刻，我有想为她鼓掌的冲动。

视频里最后有一段话：如果你在街头遇到她，请别帮助她，因为她想成为一个独立自主的女孩！

我心潮澎湃，在她的空间里写下留言：如果在街头遇到你，我一定要帮助你！一定要帮助你！我愿意帮助你！我眼含热泪，郑重地敲下我的心声：我愿意和你的亲人、朋友、同学、老师一样，把左手给你，把右手也给你——这个天生没有双臂、身高不足一米的女孩！

愿望

文 / 芳心

爱是戴着眼镜看东西，会把黄铜看成金子，贫穷看成富有，眼睛里的斑点看成珍珠。

——萨尔丹

一个偏僻的小山村，弯弯曲曲的小路上走来一个中年男人和一个中年女人。他们一路打听，终于找到了那个小女孩的家。女孩正在帮着姥姥择从地里挖来的野菜，看到陌生人进了他们家的院子，慌忙站起身，躲在姥姥身后。

姥姥站起身，说："你们这是……"

女人迎上去，握住姥姥的手说："可找到你们了，这孩子就是杜鹃吧？"姥姥一听，忙把身后的杜鹃拉到身前来说："早听说你们要来，一直盼着呢，杜鹃，快，你城里的阿姨来看你了。"

女人伸出双臂，示意杜鹃到她的怀里来。杜鹃怯生生地走过去，轻

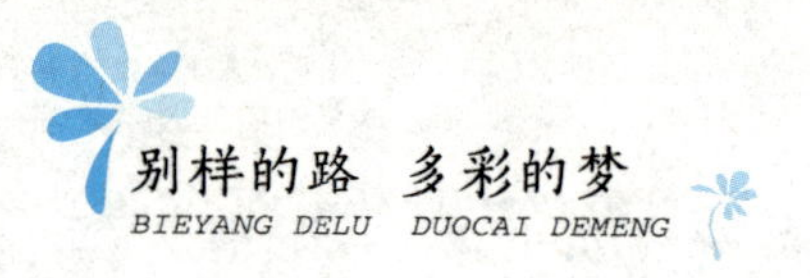

轻地偎依在女人的肩头，就像依偎在妈妈的怀里，眼神里绽放着纯真的幸福。

“哥哥呢？他怎么没有来看我？”杜鹃把头从女人的肩膀上挪开，一双水灵灵的眼睛望着女人。

“你哥，他……今天正好有事情，改天他忙完了，我一定让他来看你。”女人的眼里闪过一丝悲伤，但瞬间转成了笑容。

吃过晚饭，杜鹃写完作业，就上床睡了，姥姥和女人坐在院子里说话。小村的夜晚很安静，连风都不好意思来打扰，天上的星星眨着清澈的眼睛，一闪一闪，亮晶晶的。月亮悄悄躲在树梢后，听女人和姥姥轻声细语却切切深情的谈话。

女人长舒了一口气，说：“这是我儿子的愿望。”姥姥握住女人的手说：“孩子，我知道白发人送黑发人是怎样的一种伤痛。杜鹃的爸妈出车祸那阵儿，我真是不想活了，可是看看杜鹃，那么小的孩子没了父母就够可怜的了，如果再没了我们，可真就成了风中草了。”

“嗯，不能让孩子看不到希望。”女人轻泣着说。

“我儿子说他与杜鹃的血样配型很符合，明天我们就带杜鹃进城做心脏移植手术，医生说我儿子撑不了几天了……”女人低低地哭泣起来。

在那个草上满是清露的清晨，杜鹃一手拉着男人，一手拉着女人，沿着弯弯曲曲的环山路，走出了小山村。

儿子顽强支撑着自己的生命，在得知杜鹃已来到医院时，带着一丝微笑，永远地离开了他眷恋的父母，离开了他做义工三年帮助的小女孩杜鹃。

这个消息，女人没有告诉杜鹃，她不想让杜鹃幼小的心灵再一次接受重沉的打击。

杜鹃出院了，女人带着她回到了小山村，看着杜鹃微笑阳光的脸，女人心里的一块石头落了地，眼中含着泪花，笑了。

几天后，看到杜鹃恢复得很好，女人说要回城了。杜鹃扑进女人的怀里，依偎着抱紧，就像抱紧亲爱的妈妈一样。

杜鹃交给女人一封信，说让她坐上车时在车上看，女人微笑着点头。

打开信封，是杜鹃纤细的笔迹：我知道哥哥的愿望，也知道哥哥和坏人搏斗，受了重伤，也许他就要去我爸妈去的那个遥远的地方。我那晚偷听了你和姥姥的谈话，我哭了好久，我是多么不想进城做手术啊，可是我心里也有一个愿望，为了我的愿望，我决定跟你们进城做手术。我的愿望没有哥哥的愿望那么崇高，但却是真诚的，我想说，我的愿望就是——我想做你们的女儿，照顾你们一辈子。

女人握着信，泪水再一次模糊了她的双眼，不同的是，这眼泪少了悲痛，多了几分润心的暖。

单翅天使

文 / 芳心

爱是纯洁的，爱的内容里，不能有一点渣滓；爱是至善至诚的，爱的范围里，不能有丝毫私欲。

——莎公爵夫人

肖晨用尽力气把晓燕抱上轮椅，对她的妈妈说：“阿姨，您就放心吧，我一定会照顾好晓燕的，保证不会让她受半点委屈。”

半年前，晓燕出了车祸，头部受到强烈撞击，经抢救保住了命，却一直昏迷不醒，医生说，即使醒过来，也很可能是植物人。晓燕的单亲妈妈听到这个消息，在医院里放声大哭，是那样凄凉。她日夜守在晓燕的身边，而晓燕像睡美人，丝毫没有醒来的迹象。第66天的那个清早，晓燕奇迹般地睁开了眼睛，她喜极而泣。

后来经过康复锻炼，晓燕手指有了知觉，能说话了，甚至会唱歌了。但两年多的时间，妈妈的头发全白了，身体状况越来越差。前几天，她去卫生间，好久没有出来。晓燕知道妈妈肯定又晕倒在卫生间了，她赶紧给自己最好的朋友肖晨打了电话。了解情况后，肖晨决定把晓燕接到自己家照顾。

家人看到肖晨带回来个“包袱”，都不赞成。肖晨说：“我不能看着好友受难不帮，我要守护她。六年前我腿骨折，在学校都是晓燕照顾我，背我上厕所、上下楼梯，所以我现在照顾她是应该的。啥叫朋友，朋友就是在遇到困难的时候互相帮助。”家人想想肖晨说得有道理，就接受了晓燕。

不管工作多忙多累，每天晚上，肖晨都给晓燕按摩脊背、拍肌肉，帮助她翻身。每天早晨六点，肖晨都准时起床，帮助晓燕活动、锻炼，天气晴好的时候，推她出去散步。看着肖晨如此辛苦，晓燕暗下决心：“自己一定要努力好起来！”凭着顽强的毅力，晓燕终于能自己翻身了，这大大增强了晓燕战胜病魔的信心。

转眼过去三年。那一天，晓燕觉得浑身充满了力量，她转动轮椅到墙边，固定好，手扶着墙，用力站起，一次，两次……终于，她站起来了！她兴奋地喊着：“我站起来了！我站起来了！”听到这个消息，肖晨一路奔回家。慢慢地，晓燕在肖晨的搀扶下，能挪动几步了。她想快点好起来，希望自己能够尽快自理，就不用再拖累肖晨了。

晓燕的母亲十分感激肖晨，说：“多亏了你，晓燕才有今天。说实话，晓燕出车祸后，我几近绝望。我，我都不知道说啥好了，啥也不说了，等晓燕好了，让她好好回报你。”晓燕妈妈用手擦着眼角的泪滴。

“阿姨，说啥回报啊，我们是好朋友，好朋友就是要互相照顾。晓燕，还记得我腿骨折的时候，你说过的那句话吗？”肖晨望着晓燕，眼里有亮亮的光彩。

“嗯，记得当时我背你下楼，你说你成了累赘，然后就哭。我安慰你

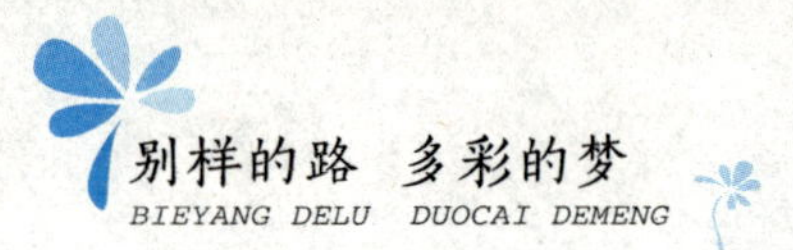

说：‘我们都是天使，受伤的你是单翅天使，我会把我的翅膀借给你，带着你飞，飞到很高很高的天空！”，晓燕望着窗外的蓝天，目光透着坚定。

我们每个人都是天使。纷扰的世界，难免会遇到严霜冷雨，折伤飞翔的翅膀。但只要我们互相依靠，互相温暖，抱在一起，即使成了单翅天使，也能在人生的天空里，飞得更远、更高、更久。

岁月缝花

▶ 文 / 芳心

幸福越与人共享，它的价值就越增加。

——森村诚一

她坐在窗户前，一手拿着针线，一手握着一个漂亮的布娃娃，精神专注，手起针落，为布娃娃缝补撕裂的衣裳。她的缝补技术是那样娴熟，不一会儿，布娃娃的衣服就缝补好了。她拿在手里仔细端详，缝补的针脚非但没有让布娃娃显得破旧，反而让布娃娃增添了很多韵味儿。那一针一线，连起的是岁月的花。

她叫南希，在华盛顿州的苏奎米什郊区开了一家娃娃修理店。窗户下的小小工作台是她工作的地方，房间里的其余空间，堆满了各种各样的娃娃。这些娃娃或在架子上注视着她，或斜躺在一排排的箱子里，干净的塑料箱从地板堆到了天花板，装满了娃娃的陶瓷腿、玻璃眼珠和残缺不全的身体。

她缝补每一个娃娃，都像对待自己的珍藏。

小时候，爸爸妈妈工作很忙，南希放学后，常常一个人在家。八岁那年生日，妈妈给她买了一个娃娃作为生日礼物，那是一个漂亮的小女孩娃娃，有着蓝色的眼睛，黄色的头发，穿着粉红的长裙。南希非常喜欢这个娃娃，每晚都要搂着它才能安然入睡，娃娃成了她的珍宝。

有一次，南希不小心把娃娃摔了，娃娃的眼睛摔碎了。妈妈带她找了好几个地方去修，都说不修娃娃，南希很伤心。她爱怜地抚摸着娃娃的眼睛，有了一个念头：自己动手修补娃娃。

她找来两枚蓝色的扣子，小心翼翼地用针线缝上去。哈，娃娃高兴极了，像冲她微笑。那一刻，南希有了一个梦想：长大了，一定做一个修理娃娃的人。就这样，大学毕业后，她回家乡小镇开办了一家娃娃修理店。

每当把娃娃放在工作台上开始工作的时候，南希都有一种竭尽全力把每个零部件恢复原状的责任感。从马海毛假发到山羊皮鞋底，她从不马虎。她还收集了很多丝织品和蝉翼纱，以及从德国进口的玻璃眼珠，因为德国的玻璃吹塑是最好的。她尽可能用最好的材料给娃娃做修补，因为她觉得，她不仅仅是给娃娃穿衣服、安眼睛，或者装上残缺的腿，她是在打扮她们，恢复她们最初的美丽和魅力。

每天，都会有残破的娃娃送来；每天，都有修补如初的娃娃被领走。看着孩子们拿着心爱的娃娃开心的笑脸，南希觉得很满足、很欣慰。

修理娃娃挣不了多少钱，有人劝她不如去城里另找份工作，她说：“娃娃是孩子们最好的玩伴，我知道一个心爱的娃娃对一个孩子来说有多重要，所以我会坚持做下去。孩子的童年是纯真的，有娃娃陪伴的日子是最美好、最快乐的日子，我要帮孩子们留住这些美好的记忆。”每一个残破的娃娃在南希的手里，都会变得完美又漂亮。因为她觉得自己不是单纯地在修理娃娃，而是在为孩子修补美好的时光。修理娃娃让南希的心变得纯净，安宁。

红尘世界纷扰，有很多意外常常把我们身边的美好拍打得支离破碎，此时，不要哀叹和抱怨，沉静下来，拿起“针线”，修补好时光。或许那些针脚不怎么细致，但这些细细的浅痕，都会开成岁月的花，在我们的生命流年里深情摇曳，灿然生姿。

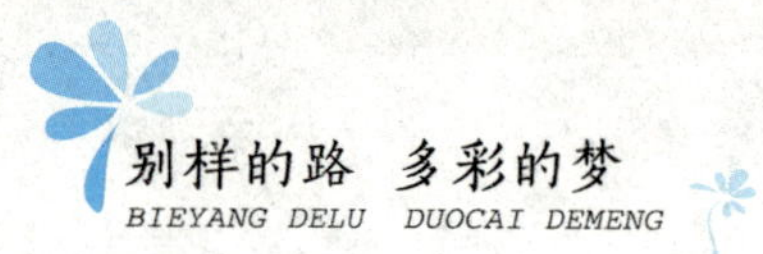

一颗19年前的子弹

▶ 文 / 石顺江

为朋友而死不难，难在找一个值得为之而死的朋友。

——英国谚语

1811年英美战争期间，英军不足2万人，美国西部的印第安部落纷纷加入英军阵营与美对抗，导致美军节节败退。美军少将安德鲁·杰克逊对黑人恨得咬牙切齿。

一天拂晓，他率领1000人马偷袭位于蒂普卡努湾的印第安人大本营。尽管这些西部牛仔们战斗力很强，终因武器落后被杰克逊俘虏。

对黑人充满了鄙视和愤怒的杰克逊准备将他们统统枪毙。当他来到这群黑人面前时，一名俘虏正用轻蔑的眼光冲他喊道："你是杰克逊吧！我叫本顿，听说你枪法很准，你敢和我赌一把吗？咱们两个单独持枪决斗。我失败，我们这帮人随便你怎么处置；如果你失败了，就全部放我们走……"杰克逊不由得被这个男子的勇气所吸引，他脸上带着冷笑说道：

"你们黑人耍大刀长矛可以，这些先进的武器恐怕不是你们所能驾驭得了的吧？既然你这样说，我倒要见识见识，好的，就按你说的规则来！"说完，他递给了本顿一把手枪，胜券在握地等着应招。

但杰克逊大意了，他以为这种美军新式手枪，黑人连子弹上膛都不会。哪知道他刚把枪口瞄准，"啪"的一声，一枚子弹击已中了他的左臂，瞬间鲜血直流。杰克逊震惊了，他没料到黑人的枪法这么准！真的不容小觑。一种钦佩之情油然而生，当着属下和众多黑人俘虏已经表明了态度，杰克逊无法反悔。

他对手下人说："他赢了，给他们松绑放行。"俘虏群中不少人小声嘀咕道："不会是骗我们的吧？"直到他们消失得无影无踪，杰克逊也没有下令去追。

1832年，杰克逊蝉联美国总统。就职晚宴上，有众多"西部牛仔"前往白宫庆祝。杰克逊在台上做演讲，讲到兴奋处，他举起胳膊，指着上面的一个小肿块说道："这里面有一样东西，是一位朋友19年前送我的礼物，我想找到他……"

晚宴结束后，一位中年男子走到杰克逊面前说："老朋友，谢谢你还记得我，我就是当年的本顿。"杰克逊听后一愣，随即两人拥抱在一起。

原来，当年由于战事紧张，杰克逊只做了简单包扎，他的伤口很快愈合，并无痛感，子弹就一直没有取出，而此时的本顿早已成了杰克逊的热情支持者。

杰克逊说："这颗子弹跟随了我19年，待我取出后归还给你。谢谢你的这颗子弹，它时刻提醒着我要平等善待每一个人，无论何种肤色，因为任何人都是平等的。"本顿则很诚恳地说道："按照美国法律规定，遗失物或被抛弃物的追索时间为20年，你已保管19年，鉴于你对子弹的特别照管，并且一直随身携带，因此，我可以放弃这一年，子弹所有权归你了。当年你没有为自己的决定反悔，是一个诚信的人，这件事让所有的西部牛仔们改变了对你的看法。”

枪与子弹穿透的不仅是清醒的肉身，更穿透了人类歧视的堡垒，一颗保存 19 年的子弹，让我们看到了“平等”二字的真正力量。而杰克逊的言而有信也为自己的竞选拉得了更多的选票，获得了众多人的拥戴。一颗 19 年前的子弹让人们看到，平等与诚信都是人类道德花园里盛开的最美的花朵。

大头照男孩

▶ 文 / 石顺江

爱人者人恒爱之，敬人者人恒敬之。

——古语

巴黎男孩鲍斯不是常人眼中的帅孩子，更不是乖孩子，学习也不用功。除了不时地制造个“小麻烦”以吸引老师和同学的关注外，鲍斯最喜欢的事情就是画画。

15 岁的时候，学校里流行大头贴，他便将自己的头像制成几幅大头贴让同学们看。哪知大家看到鲍斯特意搞怪的头像时，都说丑死了，甚至有人直呼太可怕！他决定采取办法，来颠覆和改变人们对他的看法。

那天，他看到两名工人在大街两边的墙壁上张贴宣传画。鲍斯产生了一种奇怪的想法，想将自己的头像贴到大街上。于是，他利用周末的时间开始行动，将自己不同表情的头像拼在一张大纸上，再搬个梯子将纸糊上墙，然后躲在暗处看动静。令他失望的是，他的作品没得到一个路人的夸奖。他不甘心，这个地方不行，就多贴几个地方。他爬地铁、翻墙壁，没有那么多纸张和照片，他就利用自己画画的优势朝墙壁上喷颜料，就连香榭丽舍大道旁也曾留下了他的作品。慢慢地，他喜欢上了街头涂鸦，可是，鲍斯的乱贴乱涂引起了警察的注意。鲍斯就开始和警察玩起了猫捉老鼠的游戏，看到警察走过来，他赶紧躲起来，每一次都像一场冒险。

2005年11月，新移民和老巴黎人之间发生冲突，大批暴徒冲进多栋高层建筑，事发地陷入一片火海之中。民众全躲在家里盯着电视关注事件进程，鲍斯在看新闻时突然发现一个特写镜头，在一面墙上，竟然是自己一年前贴上的非法“大头照”。

动乱过后，他刚走出家门，就听到大街上很多人在谈论那张照片。大家都从电视上看到了那个画面，一位老太太说道：“男孩拿着枪好吓人啊！看他的目光，天生就是一副恐怖分子的模样……”另一位中年人说道：“孩子还那么小就成了暴徒，真可惜啊！”

其实，那张照片是他和伙伴们在一城乡结合部玩耍时拍的，当时他手里拿的是个摄影器材，那是他在一次和警察周旋时无意间捡到的东西。看到人们对自己持有如此的偏见，鲍斯的倔性再一次被挑起来，他非要给人们一个证明：我有那么丑陋和恐怖吗？你们即使把我当做不守规矩的街头艺术家，也不能把我看做可恶的恐怖分子！

于是，他拿出自己以前存放的大头照，并将其打印出来，趁着夜色，偷偷贴满了巴黎的中产阶级社区。没有人知道这些作品的作者是谁，人们在路过时停留观赏片刻，一段时间后，这些照片不是被雨水冲刷掉，就会被警察视为影响市容而撤下。但鲍斯的“贴照”行动并没有停止，不过他却有了新想法：“我何不拍摄更多人的照片，捕捉更多的表情，让更多的人来体验苦难生存状态下的人群内心的不安和凄凉……”

2007年，中东动荡不安，他约了六位好基友一块儿跑到那里。几个人冒着炮火和硝烟，在以色列和巴勒斯坦人之间窜来窜去，拿着他们28毫米的焦距镜头相机，对着流离失所的难民，拍下他们生动的表情。穿梭于枪林弹雨之中，一不小心就会有被乱枪打死在街头的危险，而他们几人却完全忘却了自身的安全。两架梯子、两把刷子、一辆租来的小车，外加一部相机和两万平方英尺的纸张，就是他们全部的工具和家当。在以色列和巴勒斯坦的八个城市，在著名的隔离墙上，全都贴上了他们拍的大头照。

有一次在巴勒斯坦，几个人正往隔离墙上贴照片，一名本地人问道："嗨，你们在做什么？"

"我们在搞艺术，这里有两张照片，一个是以色列人，另一个是巴勒斯坦人，他们俩个都是老司机。你能辨认出哪一个是巴勒斯坦人？"鲍斯淡定地说到。

那个人一听就发火了，他喊道："难道你要在巴勒斯坦的地盘上贴上以色列人的照片？"

"我贴的这些照片中，有司机、律师、厨师，不管是哪个行业，不管是巴勒斯坦人还是以色列人，大家都生活在同一个地球上，这样冤冤相报、没完没了，受苦的还是我们民众啊！……"鲍斯越说越激动，就像在做演讲一般。他的话引来很多人的围观，不少人对这种常年拉锯式的纷争表示厌恶，也肯定了鲍斯的做法。越来越多的人竟然跑来帮忙，浑然不管往墙上贴的是不是"敌对国家"的人。

2008年，巴西里约热内卢发生了一件暴力事件，三个孩子因为没有带证件而被交到敌方手里，竟然被剁成了肉块！母亲为救孩子舍命闯进敌人老窝，结果被击毙。看到这则新闻后，鲍斯独自一人来到巴西里约热内卢这个最暴力的棚户区，这里由当地最大的毒枭控制着。

他想在这里拍一组“女人是英雄”的照片，他在街头游荡，好不容易看到一家居民打开了门，赶紧上前说明来意，并拿出自己拍的肖像照，终于有人答应了他的拍照请求。

于是，他从拍孩子入手，最终找到了遇害孩子的祖母。看到老人，他有一种想流泪的冲动，那是一张什么样的脸啊！皱纹像旷野里纵横的沟壑，悲伤在每一道沟壑里汹涌蔓延，浑浊的眼神看不到任何一丝对生活的希望。他把老人的这张“脸”糊到了棚户区的一个阶梯上，孩子正是在这里被抓走的。他想，即使暴徒走过这个阶梯，看到这张悲伤的脸，心里也会有所触动的。那样，自己的努力就没有白费。

2009 年，鲍斯跑到印度，当地政府不允许他随意张贴照片，他就在墙壁上贴白纸，将想要呈现的图像用胶水画出形状。洒红节到来时，满大街的少年向墙壁泼洒着五彩的颜料，他要展示的内容就完全显现了出来。

这些年来，鲍斯“贴照”的脚步一刻也没有停留。从印度到肯尼亚，从非洲到苏丹，从利比里亚到蒙罗维亚、瑞士和意大利。他用另类的方式、艺术的力量让人们换一个角度看世界，让人们真切地近距离地体验不同地域、不同宗教、不同民族的人们的生存状态，从而让人们更加珍惜和平的珍贵与来之不易。

良知

▶ 文 / 石顺江

侵欲无厌，规求无度。

——左丘明

帕丽斯的丈夫名叫朗威，是一名曾经在纳粹部队服役的军官。1943年冬天，朗威休假回家。晚上洗脚的时候，朗威对妻子说道：“还是呆在家里舒服，这该死的战争什么时候才能结束？如果不是……”妻子心不在焉地听着他的絮叨，不时地点头附和。

返回部队刚三天，朗威就接到了部队军事法庭的传单，理由是他在休假期间发表过有损希特勒的言论。根据1934年纳粹政府的一项命令，凡发表不利于第三帝国的言论都是非法的，一经发现就要被判死刑，朗威面临灭顶之灾。

1949年5月的一天，德国班贝格法院审理一起案件。坐在被告席上的竟然是朗威的妻子帕丽斯！其实，丈夫朗威当年并没有被执行死刑，得

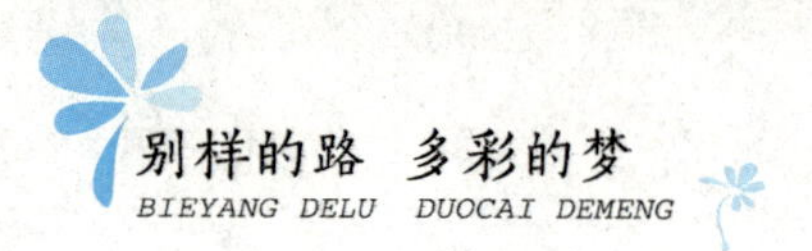

知实情后，他将妻子告上了法庭。

原来，帕丽斯早就有了外心，为了和邻居小伙戴恩长期厮守在一起，他一直想扫除朗威这个“障碍”，却苦于找不到妥当的时机。当听到丈夫攻击希特勒政府的言论后，帕丽斯豁然开窍，朗威因言获罪，最终被判处死刑。

法庭上，帕丽斯一再辩解：“我没有罪，为什么要对我判刑？朗威当时确实说了反动的话，我向当局反映是合法的……”法官义正词严地对她说道：“你确实拥有当时法律赋予你的神圣权利——‘告密权’，你的做法符合当时的法律，朗威也是按照当时的法令判刑的。但纳粹政府的法令违反了人类良知与正义感，因而它是无效的……”帕丽斯听后沉默不语。

“告密权”是当时法律赋予每个人的权利，但这个世界不仅仅有法律，还有良知，法律要建立在良知的基础之上。当法律和良知发生冲突的时候，最高的行为准则不是法律，而是内心的良知。这“最高的良知”就是超越法律的“法律”，依照违反良知的法律去做，貌似遵法，实是犯罪。

一元人民币

▶ 文 / 张素燕

奉献乃生活的真正意义。

——阿德勒

从济南参加完笔会，在火车站等车的时候，8 岁的儿子喊着肚子饿。对面有一个小便利店，我索性拿出 10 元钱，让他自己去买吃的。过了大约 15 分钟，儿子一蹦一跳地回来了。左手举着一块雪糕，右手拿着钱，对我说："妈，给！这是剩下的 6 元钱。我花了 3 元买了一块雪糕，又用 1 元钱给山区捐款了。"

"捐款？别人让你捐的，还是你自愿捐的？"我问道。"我看到那儿有捐款箱就捐了。妈，一元钱能让贫困山区的孩子买一个鸡蛋和一杯牛奶呢！"孩子天真可爱地说着。我的心灵被深深地震撼了，我拉过儿子，蹲下来，在儿子的脸上亲了一下："儿子，你真棒！你做的真好，你能主动为贫困山区捐款，妈妈为你感到骄傲和自豪。"

看着儿子小口小口地舔着手中的雪糕，我的眼睛湿润了。

儿子手中的3元钱的雪糕是整个冰柜里最便宜的东西，也是整个便利店里最便宜的东西。儿子买东西有个习惯，他会左挑右选，进行比较，最后选出物美价廉的那件。还记着上次去超市，儿子在文具区选了半天，最后挑了两支笔，两盒铅。结账时，其中一支笔的价码标错了，实际上要更贵些，他立刻退了那只笔，尽管儿子非常喜欢那支笔。我说："没事儿，都选半天了，买了吧。"儿子一摇头说："不买了，那么贵。"

由于儿子的细心比较，他知道哪些文具店的东西又好又便宜。上次，儿子写作业，突然没铅了，我给了他5元钱，让他去小区门口买。可他却跑到有800米远的文具店去买，回来后，气喘吁吁地告诉我："妈，那儿的东西又好又便宜，同样的东西能比咱们小区便宜5毛钱呢。我这次买了一支笔，两盒铅，节省了1块5毛钱，又够下次买笔用的了。"

我的心里酸酸的，对儿子说："没事儿，儿子，咱不在乎那块儿八毛的。以后就在附近买吧，省得跑那么老远的路。""没事儿，妈，可别小看这一块钱，积攒多了，能有不少钱呢！"儿子认真地说。

儿子省吃俭用的习惯，使他不管在哪儿买东西，都是挑选物美价廉、物有所值的东西。如果太贵了，他宁可不买。还记得上次走到一个肯德基店。"吃肯德基吗？"儿子高兴地点点头，当得知一个最便宜的汉堡需要10块钱时，儿子的头马上摇得跟拨浪鼓似的，说着："啊，那么贵，够我买多少支笔了？妈，我不吃了。"说完就跑开了。

我们前天来济南的时候，在火车站的便利店里，给孩子买吃的。儿子看看这个拿起又放下，看看那个拿起又放下，还时不时地撅起小嘴儿，嘟囔着："啊，这么贵啊。"然后，把拿起的东西又爱不释手地放下。最后，他把目光转向冰柜。"阿姨，这个雪糕多少钱一块啊？"孩子指着左排的雪糕问道。“最便宜的 3 块，从你手指的这边开始，往右依次是 3 块、4 块、5 块、6 块……”“噢……”儿子咂了咂舌头，最后要了一支 3 块钱的雪糕。

这次，儿子又买了一支 3 块钱的雪糕，我给他这 10 元钱够他买一袋小面包的。看着正小口舔着雪糕的儿子，我俯下身来问：“你不是饿了吗？为什么不买小面包呢？”儿子不假思索地说：“我本来是想买小面包的，可那样就没钱捐款了。”

“那你饿了，吃雪糕能饱吗？”“没事儿，为了山区的孩子们能有鸡蛋吃，有奶喝，我就牺牲自己，先顶一阵子吧。”孩子摸着自己的肚子笑着说，我的眼睛再一次湿润，我被天真又可爱的儿子感动了。

一元人民币，在当今经济腾飞、物欲横流的时代，是很微不足道的。可在孩子的眼里，这一元人民币很有价值。还记得爷爷当年下乡当乡党委书记时，那时的村干部经常天不亮就起来给老百姓家拉粪干活。那时乡里没有伙食，就轮流在农户家吃饭。

这一天，轮到了二柱家，二柱家很贫困，没有菜可炒。就在这时，他 8 岁的儿子上学回来，正好在路上捡到了 5 毛钱。二柱媳妇就用这 5 毛钱买了一把韭菜，给爷爷炒了一顿韭菜。直到现在爷爷每提起这件事，眼里都会闪着深情的泪花感慨地说：“那年月，人都实诚啊，那是我迄今为止吃到的最香最好吃的韭菜了。”是的，在那个贫困的年代，5 毛钱的价值，5 毛钱的真情是现在用 500 元甚至 5000 元都买不来，也换不到的。

又想起我 8 岁侄子的事儿来。上小学二年级的侄子放学回家，手里拿着一块钱给了我妈，也就是他奶奶。问其情况，他说：“我在操场捡到了 3 块钱。交给老师 2 块，还剩一块钱没交。”我问为什么，他委屈地说：“我捡了好几次钱，都如实地交给老师。可老师既没有在班里表扬我，也没有写在教室后面黑板上的表扬栏里，更没发给我表扬卡。”孩子的心是善良的，是纯洁的。

我不清楚他的老师到底是忘了，还是拿这些孩子上交的小钱另有他用，但是这对一个正在成长的孩子来说是很敏感的。我蹲下来，扶着侄子的肩膀，耐心地说："我们捡到钱，应该上交给老师，对吗？"侄子点点头。

"我们拾金不昧是单纯为了受表扬吗？"侄子摇摇头。"拾金不昧是我们中华民族的优良传统，我也相信，你不会就是为了受表扬而去交钱的。钱是那些人不小心掉的，我们捡起来上交给老师，这是对的。不管老师怎么做，我们首先要做好我们应该做的，不是吗？""知道了，姑姑，我下午上学就把这1块钱交给老师。""这就对了。"我向侄子伸出了一个大拇指的手势。

一元人民币，在如今，确实不算什么，甚至人们在大街上看到，连捡都不捡的。但是这一元人民币所折射出的品德精神却是无价的。如果我们能把这种品德精神发扬光大，那将会给国家和社会带来无穷的财富。

"妈，该检票了。"我从深思中回过头来，拉着儿子赶紧往检票口走去。此时，耳边又响起了那稚嫩又甜美的歌声："我在马路边，捡到一分钱，马上交到警察叔叔手里边。叔叔拿着钱，对我把头点。我高兴地说了声：叔叔，再见！"

第二辑

Chapter Two

醉美文摘

Zuimei Wenzhai

恰如其分的表扬

▶ 文 / 张素燕

只有肚子饿的时候，吃东西才有益无害；同样，只有当你有爱心的时候，去同人打交道才会有益无害。

——列夫·托尔斯泰

在清华大学学习期间，张牧寒研究员在谈教育孩子的问题时，给我们讲了一个他和女儿的故事。

他每周六晚上，都要送 4 岁的女儿去学芭蕾舞。有一次外面飘着大雪，女儿穿得很厚，衣服鼓鼓的，像小企鹅一样。舞蹈学完了，到了孩子们穿衣服的时间。这时候，陪同孩子的人员不止一个人，有爷爷、奶奶、外公、外婆、爸爸、妈妈等。全家五六个大人围着一个小孩转。有帮穿衣服的，有帮戴帽子的，有帮穿鞋的……

而张牧寒研究员则静静地站在女儿的身边，端着胳膊，默默地看着女儿自己一个人费力地穿着衣服，笨拙地系着扣子。女儿撅起生气的小嘴，抱怨地对爸爸说："你看，别人家长都帮孩子穿衣服，你也不管我，让我自己穿。"说到这里，张牧寒研究员向我们抛了一个问题：如果你们是孩子的家长，你们应该怎么对孩子说？

教室里顿时热闹起来。有的说："孩子，你应该学会自己穿衣服。"有的说："自己的事情自己办。"有的说："老爸的肚子太大了，蹲不下去，没法帮你穿衣服。"……

张研究员笑着说，我当时看着女儿，微笑而鼓励地说："爸爸很高兴，全场这么多人，你是唯一一个自己穿衣服的人，我真的为你骄傲！"这时，旁边的一个老太太羡慕地夸赞说："哟，看你们家闺女多好，能自己穿衣服。我们家小孙子啊，一家人给他穿衣服，他还哭闹不停。"我趁机说："是啊，云舒，奶奶都夸你了。你能做到别人做不到的事情，我真为你骄傲！"

张研究员又讲了一个他女儿的故事。在女儿两岁那年，他让女儿爬小区里的肋木架，当时可把围观的人和过路的行人吓坏了。一开始，他陪着女儿一阶一阶地往上爬，一直爬到顶端，要翻过去的时候，女儿害怕了。这时，张研究员又抛给我们一个问题：如果是你们，该对孩子怎么说？

"别怕，孩子，摔不着的。"

"没事儿，孩子，来，我扶着你。"

"你最勇敢了！"

"没事的，不怕，勇敢点儿。"

……

张研究员说，他当时还是微笑地看着女儿，只说了一句话："我会保护你，我就在你身边。"看着女儿战战兢兢地翻过肋木架时，他的心都要蹦出来了。而当女儿成功地翻过去时，围观的人们都长出了一口气。

在生活中，我们经常夸赞孩子，诸如这类的词用得最多：“你真棒！”“你真聪明！”“你真漂亮！”“你真勇敢！”……

很早就在一则报道上看过：夸女孩不能用“漂亮”，夸男孩不能用“聪明”。我们夸的是过程，是方法，是智慧，而不是先天拥有的资本。

夸女孩漂亮，就会引导女孩子特别注重自己的衣着打扮和外貌修饰，而不去提高内在的素质和修养；而夸男孩聪明，则会引导男孩产生沾沾自喜、不劳求获的心态。

毕淑敏在一篇文章中提到过：“我们可以表扬女孩把手帕洗得洁净，而不宜夸赞她的服装高贵；我们可以表扬经过锻炼的强壮机敏，却不必太在意遗传的高大与威猛……”

孩子的皮肤与心灵，非常的精巧和细腻，需要我们去精心地呵护和滋养。学会适当地鼓励，恰当地表扬，让孩子沐浴多彩缤纷的阳光，追寻用心付出的过程，才能向着光明和美好前行！

交朋友

▶ 文 / 张素燕

善不是一种学问，而是一种行为。

——罗曼·罗兰

下午我正在电脑上写稿子，突然听见“当当”的敲门声，这个时候能是谁呢？家人都有钥匙，朋友来会打电话，即便是邻里本舍有事找，也会从楼下单元口按门铃。何况我家又是在六楼，谁会爬这么高，来敲我家门呢？我怀着好奇心，透过门镜往外看。是两个陌生的小姑娘，“奇怪，这两个小姑娘来干嘛呢？”

我打开门，“你们好！”我送去甜美的招呼。“阿姨，你们家有小孩吗？我们是交朋友的。”其中一个个子高点的女孩说道。“交朋友？你们是哪儿的？谁让你们交朋友的？”我边问边打量着她俩。

个子高点儿的女孩有 1 米 3 左右，穿着一件粉红色的小连衣裙，扎着一个朝天的马尾辫。有些凌乱的头发前帘下，瞪着一双水汪透亮的大眼睛。五官很秀气，样子很可人。另一个女孩个头矮了一截，短头发。上穿一件白色小背心，下穿一条浅紫色小短裤衩。皮肤有些黑，脸型圆中带方，轮廓不怎么分明，把高个女孩衬托得更加俏丽可爱。

“我们是这个小区 2 号楼的，是我们自己想交朋友的。”

“那你们之前认识吗？”

“不认识，我们也是通过交朋友认识的。”

“你们是哪个学校的？多大了？”

“我是北牌的，我 12 岁了。”高个女孩一脸纯真地说着，噢，比我 10 岁的儿子看上去还要小。

“我是前进小学的，我 11 岁了。”矮个女孩紧接着说，天呐，我还以为她只有七八岁呢！

“你们没上补习班吗？”

“上了，因为明天开大会，今天下午放假了。”

“噢，好的。我家有一 10 岁的小男孩，现在练跆拳道去了。等他回来，我让他去找你们。”

“我们就在 1 号楼与 2 号楼之间等着。”

“几点呢？”

“6 点半到 7 点半吧，所交的新朋友都去那儿了。”

“好的。”

送走两个可爱的小姑娘，我感慨颇深，眼前又浮现出儿子过星期天时无助而又渴望的眼神。“妈，送我回老家吧。老家多好，可以跟好多小伙伴玩。可以玩沙子、可以捉蝉、可以捉迷藏……在楼上一点意思也没有。除了看电视，就是玩电脑。”

是的，儿子孤独的心理反映了现在大多数独生子女的心理。同事刚从小院搬到楼上，向我们诉苦说，她家孩子一过星期天就憋得发慌，非嚷着要再搬回小院去。

是的，现在孩子大部分都是独生子女。小区里同龄小孩本来就少，再加上又不怎么认识，平时也不来往，孩子也没个玩伴。不像在老家，一放学，孩子们把书包往家里一扔，就像离弦的箭似的飞了出去。直到吃饭时，才被喊回来。现在还记着吃饭前，各家大人焦急地呼唤自己孩子的声音。想想自己的童年也是一天天疯跑着玩，跟着小伙伴，玩各式各样的老祖宗留下来的民间游戏，如跳皮筋、踢球、蹦方、拾石子等。我们玩得天昏地暗，玩得不亦乐乎，那时的童年充满了乐趣和欢笑。

现在的孩子，虽然玩具多得都能开小卖店了，但还是无法弥补他们内心的空虚。早前在网上看过有这样一个组织，好像是交换家庭什么的，我忘了具体的名称了。大致是这个意思，他们从网上结识好友，然后找出志趣向投的发出邀请，轮流到各自家去住，让两个孩子共同学习，共同玩乐。这一活动办得很火热，有很多家庭都竞相参与了进去。

为什么会有这种局面呢？以前孩子多的家庭，几个孩子在一块，尽管哭笑打闹，但也其乐融融，不觉孤单。而在乡下的孩子们，也能凑到一起，疯跑着野玩。唯独现在单元楼里的独生女子，没有玩伴，很孤单，很寂寞。这是一个现状，也是一个不容忽视的问题。

两个小女孩发起的“交朋友”的活动很好，既锻炼了孩子们的交际能力，又让孩子们结交了新朋友，同时也给这些独生子女们营造了一个朋友之家的乐园。

小姑娘，你们是好样的！我不禁伸出大拇指，由衷地赞叹着。

“独眼乞丐”丁婆婆

▶文 / 杜智萍

善良的行为使人的灵魂变得高尚。

——卢梭

一

黎莎的家离学校很远，每天自己乘公交车上下学。下了车后，还得路过一个农贸市场才能走到学校门口。

黎莎特别厌恶这段路，市场里人声嘈杂，各种异味扑鼻而来，而最让她反感的是街边那些讨钱的乞丐。看他们脏兮兮的脸，木讷的表情，黎莎就会反胃。黎莎听同学说过，现在的乞丐为了多讨点钱，善于乔装打扮博取同情。

有一天，黎莎下了公交车路过市场时，正走着，突然有人在后边拉了她一把，下意识地，黎莎转回头。这一看，黎莎“啊！”一声尖叫，吓得撒腿就往学校跑。

拉黎莎的是一个年迈的女乞丐，沟壑纵横的腊黄的脸上，只有一只闪着浑浊目光的眼睛，另一只眼睛的位置是一个刺目的疤痕。匆匆一眼黎莎就吓到了，根本无暇听女乞丐说话。跑远后，黎莎回头，看见女乞丐还在朝她挥手。

进了学校，心有余悸的黎莎才松了口气，她不经意地摸了一下口袋，“糟糕，我的手机呢？”黎莎惊叫起来。手机不见了？会不会是老乞丐拉她时，趁机把手机偷走了？黎莎仔细回忆，这一早上，唯有老乞丐碰过她。

郁闷了一上午，黎莎一点上课的心情都没有，她的心思全在手机上，那是父亲送她的生日礼物。父亲到国外打工有一年多了，唯有用手机给父亲打电话时，听到父亲低沉的嗓音，她才能感觉到父亲的存在。那丝丝缕缕的亲情，是充盈她孤寂内心的唯一源泉。

二

放学的铃声一响起，黎莎就收拾好东西，第一个冲出教室，连同桌叫她也无暇理睬。黎莎准备去找老乞丐，向她要回自己的手机。如果只是钱，也就算了，但手机不同，这是父亲出国前送她的礼物。

一路上，黎莎都在想着自己要如何开口，如果老乞丐不承认，自己得怎么对付她。无论如何，一定得要回手机，就算她要钱也认了。

思忖着，黎莎突然听到有人在叫。她停下脚步，左右环视。“姑娘！”又一声呼叫传来时，黎莎终于看清坐在角落的年迈女乞丐。胆子真大呀，偷了我的手机还敢先叫唤我。黎莎心里不快地嘀咕，但转念一想，黎莎马上换了一幅表情，她微笑着走过去，柔声叫了一句：“婆婆，是叫我吗？”

老乞丐听到黎莎温柔的问候时，愣了一下。只是黎莎望着老人脸上的一只眼睛，还有那个狰狞的伤疤，心里又充满了恐惧，但为了要回手机，她只有强忍着，不让自己流露出害怕的神情。

“你的手机……”老人缓缓道。“婆婆，手机是爸爸送我的礼物……”黎莎欲言又止，她在思索着如何用最委婉的语言说服老人，让她还了手机，如果她要一些钱，黎莎愿意给。

“早上我看见有人拿了你的手机，我叫了你。”老人说。

不就是你拿的吗？黎莎听完老人的话，心里愤愤的，但她不敢表露出来，只得低声说：“你看见有人偷了我的手机，对吗？”

老人点点头，显得无精打采。

“婆婆，您是不是饿了？我去帮您买包子吧。”黎莎乖巧地说。老人还没回话，黎莎已经跑到附近的包子店，一口气买了十个包子。她想，只要喂饱了老人，才有希望拿回手机。

“谢谢你，姑娘，你真好！”老人接过黎莎递给她的包子，斑驳的脸上露出雏菊般的笑容。只是看在黎莎眼里，够吓人的，但她依旧努力挤出笑容说：“应该的，婆婆不用客气。”

老人的目光充满了感激和慈爱，她颤微微地从贴身的口袋掏出一部手机递给黎莎，说：“是你的手机吧，一定要收好，不能再让人摸走了。早上拿你手机的是……”黎莎瞥一眼手机就知道是自己的，赶紧接过来，根本无心再听老人说话。

三

自从拿回手机后，黎莎每次经过农贸市场遇见老人时，老人远远地都会叫唤黎莎一声，害得黎莎涨红脸不知如何是好。烦死了，怎么老和我打招呼？黎莎不满地想，特别是和同学一块走时，她恨不得插翅飞过去。

谁愿意被人发现自己认识一个老乞丐呢？黎莎觉得，这有损自己年轻的自尊。但她又感觉到，老人对自己的慈爱就像外婆一样，虽然老人只有一只眼睛，容貌可怕，但从她目光中流露出来的关爱，又那么深切。每次逃避开后，黎莎心里总会隐隐地难过。

有一天傍晚放学后，黎莎留在教室里出黑板报，等她离开学校时，夜幕已经降临。她匆匆走出校门，快步向公交站点跑去。路上，黎莎在边跑边摸索包里的学生卡时，突然就停下脚步。“完了，学生卡和钱包都还落在桌洞里。”她焦急地自言自语。没有学生卡没有钱怎么坐公交车呢？教室的钥匙也不在自己手里，总不能走回家吧，十几站路，好几公里呢。

黎莎看着一辆接一辆从眼前驶过的公交车懊恼地在原地徘徊，心里直埋怨自己的丢三落四，但事情已经这样，后悔也没用了。环视一圈，黎莎没看见一个熟悉的人，想借一元钱都没办法了。她不知所措地望着越来越浓的暮色，心里也愈加慌乱。

在黎莎焦急无助时，她突然听到了一声呼叫，转过头看，原来是乞丐老婆婆。她的脸倏地涨得通红，就在早上经过农贸市场时，老婆婆看见她后叫她，她却故意越走越快，根本不想理睬。

“姑娘，你怎么啦？是不是遇见了什么难事？”老婆婆从墙角颤微微地走过来。

黎莎红着脸不作声。

“是不是没钱坐车？”老人猜测。

被老婆婆一语猜中，黎莎的脸更红了。

“婆婆这里有，拿去吧。”老人递过来几张皱皱的一元纸币。

“婆婆，我先借你一元。”黎莎从老人手头抽出了一张钱后，看都不敢看老人一眼，匆匆跳上一辆刚刚停下来的公车。

车开走后，她才从车窗后回望暮色深处的老人，却什么也看不见了。

四

打过几次交道后，黎莎和老人渐渐熟悉了，知道她姓丁，但还有好多话，她想问又不敢问，老婆婆的眼睛是怎么弄伤的？为什么会是那么大的疤痕？她有没有孩子？住哪呢？为什么要乞讨？不过已经长大的黎莎明白：人人都有不愿诉说的秘密，有些伤口去揭开，会让别人更痛苦。

黎莎上下学，每次经过农贸市场看见老婆婆时，会主动走过去陪她说话，也常从家里带些好吃的与老婆婆分享。虽然刚开始时，会担心别人异样的目光，但后来就习惯了，管别人怎么看呢？这个老婆婆，她虽然是乞丐，但她帮过自己，对自己那么慈爱，有什么理由不能和她亲近一些呢？

年迈的老婆婆，如果她还有生存能力，肯定不会愿意当乞丐的。谁喜欢被人施舍呢？生存的无奈，黎莎已经渐渐明白，就像自己的父亲，为了讨生活，为了多挣一些钱只能远去异国他乡，做这一切只是为了让她有更好的生活。

黎莎还明白，自己以前误会了老婆婆，她的手机其实是一个和老婆婆比较亲近的小乞丐偷的，是她要回了那个手机。

我与志明这三十年

▶ 文 / 朱国勇

友谊是一个神圣而又古老的名字。

——奥维德

一岁时：

我和志明出生了，我六月，他八月。我的父亲是心灵手巧的木匠，他的父亲是精明的杂货店店主。我们两家是村里最殷实的人家，这一年，两家人为我和志明举办了小村庄里最风光的满月酒。

三岁时：

我的父亲得病去世了，母亲远嫁他乡，我与奶奶相依为命。

志明家的小店这一年由草屋变成了瓦房。

六岁时：

志明上了小学。

我和奶奶在山上砍柴，备下一年过冬的柴火。

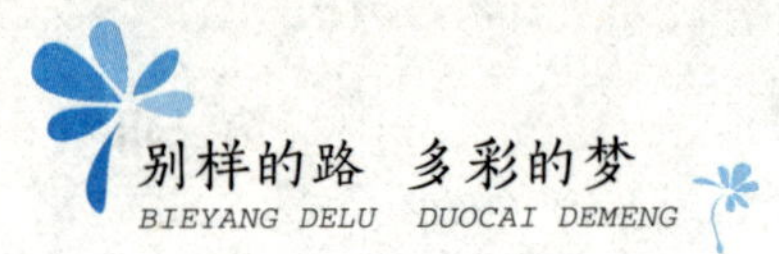

七岁时：

村里好心的莫校长免去了我的全部学费，我上了一年级，也考了我人生的第一个 100 分。

志明重读了一年级，也取得了他的第一个及格分：65 分。

九岁时：

这一年暑假，志明成了村里的孩子王，领着一大群孩子上山、下河。

我一个人完成了家里二亩三分田的收割。

十二岁：

这一年雪来得特别早，我家二亩田的水稻全压在了大雪里。用了五天时间，我终于赤着双脚割完了稻子。只是冻坏了一双脚，以后每到冬天，我的脚就钻心地疼。

稻子割完那天，志明从温暖如春的家里偷了一双崭新的皮靴送给了我。

十三岁：

我初一，当我把期末考试第一名获得的十元奖金递给奶奶的时候，奶奶一把把我搂进了怀里。奶奶的泪水温热温热的，洒了我一脸、一身。多年后，我还常在梦里被奶奶温热的泪水惊醒。

这一年，志明带回了他的第一个女朋友，班里那个眼睛大大的、亮亮的女孩，那个常给我带咸鸭与豆腐吃的女孩。

十五岁：

我在得了满满一屋的奖状后，以全镇第一的成绩考上了一所中等师范学校。这是当年唯一分配工作的学校。

志明在换了足足一打的女友后，选择了初三复读。

十六岁：

我捡破烂、写稿、做家教，勉强填饱了肚子，同时为了交学费欠下了六千元的高利贷。

志明痛定思痛，断绝了和所有女孩子的往来，考上了一所末流高中。

十七岁：

我写稿攒下了五百元。

志明偷了家里的二千元钱，和一个漂亮的女孩子跑了一趟杭州，只是为了看看热播的《新白娘子传奇》中的西湖与雷峰塔。

十八岁：

我在一所偏远的小学当了一名老师，每月工资 480。工作之余，我努力做着一切能赚钱的事，累得像一条没家的野狗。奶奶这时去世了，这个世界上，我举目无亲。年底我终于还清了六千元的贷款，却欠下了三千元的贷款利息。

志明家在交通路口开了家超市。

二十岁：

凭着良好的文笔，我考上县委宣传部的公务员，却在体检时因为乙肝表面抗原阳性被刷下。

志明高三复读一年后，考上了一所师范专科学校。

二十三岁：

我与邻校的一名女老师结婚，欠下一万多元的债务。我和妻子的工资加在一起还不到 1600 元。

志明师专结业，志明他爸花了二万块找了关系后，志明去县城最好的那所省级示范高中报到上班了。

二十四岁：

工作之余，我成了一名网络写手，每晚都爬格子到十二点。一年共得稿费九千，还清了所有债务。

志明暑假办了个辅导班，赚了六千，一年内单位各项福利一万五。年底，志明他爸花了十八万，在县城最繁华的地段为志明买了一套120平米的大房子。

二十七岁：

志明和同校一名靓丽的女老师结婚了，在县城最大的酒楼里请客。在志明装饰考究的新房子里，我和妻子看到了志明和他妻子迷人的婚纱照。

在回家的路上，我和妻子来到一家影楼补照了一套婚纱照，稍微弥补了一下结婚时没照婚纱照的缺憾。照片上，四岁的儿子坐在我和妻子的中间灿烂地笑着，但是在妻子淡淡的粉底下，已有了细细的鱼尾纹。

二十九岁时：

我们终于攒够了十万块钱，可是县城里的房子已经攀升到三千多一个平方。我们只好在不远的小镇买了套三居室的房子。

这一年股市疯一样狂长，志明携十五万入市，赚了不下十五万。

三十岁时：

在我简单装饰的房子里，志明一家来看我和妻子。志明三岁的女儿在音乐声中翩翩起舞；我七岁的儿子却已在电脑上运指如飞地看动画，做智力游戏。

我知道，我三十年陀螺般的高速旋转，不过是为我的孩子赢得了一个勉强和别的孩子一样的起跑线。而我今生，永远都是一个慢了不只一拍的跋涉者！

那些丑孩子

文 / 朱国勇

善良的心就是太阳。

——雨果

纪道思，是《纽约时报》著名的记者，全球最高新闻奖普利策奖的得主。1998 年，在印度中部恰尔肯德邦的一个小村子里，他遇到了生命中的第一位丑孩子。

这是一个美丽的黄昏，绚烂的霞光从萨特堡山顶斜斜射下，似乎为山下宁静的村庄披上了一层粉红透明的纱巾。纪道思走在一条宁静的小路上，举着相机，不时捕捉着镜头，神情专注而愉悦。忽然，他听到一阵质朴却异常动人的歌声，夕阳下，就如一泓灵动的山泉淙淙流淌。纪道思被吸引了，他撇开正路，顺着歌声穿过了一个小小的橡树林。他看到一个少年背影，少年正迎着风歌唱，那歌声清越激扬，有一种力量直指人心。

少年终于唱完了，纪道思高兴地鼓掌，并用简单的印度土著语向少年打招呼。少年扭过头来，纪道思一下子吓了一跳，这是怎样的一张脸啊！只有一只眼睛，腭裂，鼻子是红红的一坨肉，和嘴巴连在一起，看不到鼻孔。没等纪道思反应过来，少年一撒腿跑了。

第二天黄昏，因为好奇，纪道思又来了，他带来了许多礼物。他向一位路过的村民打听。村民说，那一定是尼鲁，他正在教堂门前的广场上玩呢。

纪道思来到广场一看，他突然无比地震惊。因为，广场不止有尼鲁，还有十多个奇形怪状的丑孩子，或是少了耳朵、或是脑袋奇大、或是五官奇怪地纠缠在一起，或是五指如鸭掌一般……

他把所有的礼物都分给了这些丑孩子们，在孩子们近乎恐怖的笑脸下，他双手颤抖着，按下了快门。

经过一个多月的调查，终于弄明白了这些丑孩子形成的原因，不是遗传，而是污染。当地，是印度主要产煤区，含有毒素的煤矿污染物排进饮用水源，孩子们在母亲的腹中就已经畸形。

从此，纪道思利用工作之便，不辞辛苦地走遍了亚非拉几十个欠发达国家，拍下了近千张丑孩子的照片。肯尼亚的露伊娜生下来就没有膀胱，靠一根插在体内的导管，坚强地活到了十五岁；赞比亚的格桑浑身红滋滋的，如一只剥了皮的猫；生活在加纳的麦德是所有孩子中最漂亮的一个，两颗眼睛如钻石一样闪亮，皮肤如丝绸一样光洁，可惜，他没有性器官。二十一岁那年，痛苦地自杀了……

这些丑孩子形成的原因，无一不是胎儿畸形，无一不指向环境污染。

拍的照片越来越多，纪道思的内心就越来越痛苦，他镜头里的丑孩子也越来越触目惊心，凝聚着一股让人震撼的力量。2009 年 3 月 26 日，在纽约举行的“AIPAD 国际摄影展”上，纪道思展出了一组名为“丑孩子”

的照片，一时，震撼了无数人的心灵。很多观众看着看着，就禁不住流下泪水，当场签下支票捐赠。纪道思也因此一举夺得全球最高新闻奖项普利策奖。

当无数媒体记者把摄像机投向纪道思的时候，纪道思泪流满面，哽咽着，只说了一句话：留子孙一方净土，还世界一片蓝天……

别样的路 多彩的梦

▶文／朱国勇

> **爱可以战胜一切。**
>
> ——希尔泰

德国西南部，有一座小城名叫斯图亚特。

这里青山环绕，风景如画，古老的内卡河，宽阔而又宁静，蜿蜒着穿城而过。沿河两岸草木葱茏，一座又一座古老的哥特式建筑耸立在温暖的阳光下，显得美丽而又宁静。

1996年11月18日，是德国传统的“忏悔日”。小城的纳高拍卖行里，一场慈善拍卖会正在举行，这次拍卖所得，将全部捐献给二战受害国民众基金会。

拍卖会是由一个当地二战老兵发起的，得到了周边30多名二战老兵的响应。这些老人们，当年从柏林一路枪林弹雨打到莫斯科城下，据说，沿途得了不少好东西。因此，这次拍卖会吸引了不少收藏家和企业家参加。

在众多竞拍者满含期待的目光中，第一件拍卖品登场了，是一幅画，名字叫《灵魂的救赎》，作者约瑟夫。这幅画着墨浓烈色彩夸张。画面上：乌云压顶，显得有些压抑，在乌云中间，几架轰炸机若隐若现。被轰炸坍塌的街道上，一辆坦克正昂首前进。

在坦克的左前方，一个少年，大半个身子已经被被碎石和瓦砾掩埋，却仍倔强地仰着满是血污的脸。他的眼睛明亮又充满愤怒。可以想象，只要这架坦克再往左偏一点点，这个少年就会被碾得粉身碎骨。

约瑟夫？没听说过这位画家啊。除了那位少年明亮又倔强的眼神有些特别，这幅画看着很普通啊，拍卖底价居然是 20000 美元。所有的竞拍者都有些纳闷，拍卖场上，小小地有了一阵骚动。

主持人说话了："我知道大家心中的疑惑，这确实不是什么大家的作品，这只是一位退伍老兵的业余之作。之所以把它做为今天的第一件拍品，是因为这幅画的背后藏着一个动人的故事。下面有请本画的作者约瑟夫上校。"

约瑟夫上校已经很老了，头发花白而稀疏，腿也瘸了，但是背挺得很直，很有军人的气质。

约瑟夫上校声音洪亮中气很足："各位尊敬的女士们先生们，这幅画确实不是什么精品之作，甚至，它还不如一个美院的青年学生画得好。但是，这画中的故事却是真实的。1941 年 11 月，我所在的坦克第二集团军攻到了莫斯科城下，当时，我是一名坦克驾驶员。有一天傍晚，当空军进行了一轮轰炸之后，我们奉命向莫斯科城内进军。战斗进行得十分激烈，几乎每前进一步，都有我的战友倒下。忽然，我看到坦克的左前方有一位苏联少年，浑身血污，一半身体已经被掩埋在瓦砾堆里了。看到那位瘦小的少年，我忽然想到我的弟弟。我动了恻隐之心，我驾驶着坦克向右避去。然而，我旁边的另一辆坦克却无情地碾了过去。我正在为那位苏联少年感到难过时，突然‘轰’的一声巨响，碾过去的那辆坦克被炸成了一堆废铁。爆炸产生的巨大热浪扑面而来，我几乎都能闻到自己头发被烤焦的味道。我这才明白，那个少年原来是苏联军队的敢死队员，他的身体下面捆绑着大量烈性炸药。我一时无心的善念，居然拯救了我自己。”

“这件事给我的触动很大：心中有善的人，往往拯救的不止别人，还有自己。虽然战争已经结束了很多年，但是我们这些老兵却常常受着良心的折磨。我们常常会梦到那些死在自己枪口下、刺刀下的年轻的生命，我们常常想到他们也有父母也有妻儿，我们常在黑夜里惊醒。所以，我希望在我的余生里，还能为他们做些什么，以减少自己的罪孽。就在昨天，我把唯一的住房卖掉了，卖房所得全部捐给了二战受害国民众基金会，这张是我的捐赠证明！我还有退休金，租公寓住足够了，我想说的是，昨天晚上我睡得很踏实，没有做噩梦。”

“我知道，你们有些人今天是来‘觅宝’的，可惜今天，我们要让你们失望了。在那些残酷的战争岁月里，我们这些老兵没有得到过什么宝贝，我们今天要拍卖的都只是一些普通的物件。但是，我真诚地希望你们能慷慨地伸出援助之手，为那些在二战中受到伤害的国家和人民献出自己的一份爱心，也为我们这些老兵们减少一些罪孽感。”

“最后我想说：当你把善施向别人的时候，也许就救赎了你自己！”

约瑟夫上校说完了，很庄严地给全场行了一个军礼。

后来的拍卖会进行得很顺利，这幅《灵魂的救赎》被一位银行家以八万美元的高价拍走。另外三十多件拍品，诸如老兵们的军刀、手枪、钢笔、手表和勋章，全都拍出了高价。

拍卖结束后，这三十多位头发花白的老兵集体站到了台上，朝着大家庄严地鞠了一个躬。有几个年轻的女士当场就流下了感动的泪水。

最后，我要说的是，这些老兵们用他们的整整后半生，一直在为二战受害国民众基金会奔走着，他们用自己的实际行动完成了对自己灵魂的救赎。他们让我们再一次真切地感受到了一个朴素的真理：当你把善施向别人的时候，也许就救赎了你自己！

抬头与低头

▶ 文 / 江北笑笑生

真诚和理解是人与人交往中最珍贵的赠品。

——佚名

这是一所宁静美丽的江南小城。小城西北角有一所大学，繁花绿树，小径回廊，校园美丽而安宁。一条清粼粼的小河，从校园中穿过，把校园一分为二。每个早晨，总有一位鹤发童颜的老人，沿着小河慢跑，从东向西，再从小河的另一边跑回来。无论寒暑，很是规律。

这位老人姓赵，是中文系的教授，平和朴实，总是温和地微笑。

可是，有不少学生对这位教授的印象并不好，因为，这位教授历史上有污点。据说文革时，有一次，一个造反派把一大碗剩菜扣在他脑门子上。他呢，只是呵呵笑着，也不理自己满脸的污秽，而是先把造反派身上溅落的一片菜叶子擦掉了。造反派不由得没了脾气，嘴里咕哝几句，转身离去。

经过学生们一届一届地口口相传，教授没有骨气的坏名声就在校园中传开了。

一次上课时，一位男生迟到了，教授淡淡地批评了他几句。这位男生怀恨在心，回到座位上不久，就举手说有问题请教。“我认为，人活着就要抬头挺胸，而低头乞怜是可耻的！教授您以为如何？”男生一边说，一边用挑衅的目光盯着教授，话没说完，教室里已是一片窃笑。

等大家笑停了，教授才平静地说：“如果，抬头是在看云娱情；如果，低头是在看路防跌，又何所谓抬头低头呢？”

学生们听了，默然无语。教授清了清嗓子继续说：“大家一定听说过我的故事，可是你们知道吗？当年我们这所学院里，和我一同被打为反革命的，有七名教授。一年后，死了六个，只有我，活到了现在。”

教室里，一阵短暂的沉默之后，爆发出雷鸣般的掌声。那个男生涨红着脸站了起来：“教授，我错了。”教授轻轻摆了摆手，示意他坐下。

阳光温暖而洁净，透过窗户斜斜地射进来。教授又开始讲课了，他的声音平和而有力量，仿佛一条大河在大地上缓慢却沉稳地流淌。讲桌下，是学生们一张张专注而感动的面庞。

是的，一个人，只要内心有所坚守，抬头或低头不过是无足重轻的外在形式。

抬头时，便看云；低头时，便看路。淡泊宁静，自然从容，这才是人生的大智慧。

道一万次歉

▶ 文／古保祥

勿以恶小而为之，勿以善小而不为！

——刘备

韦恩镇位于美国底特律市郊区，这个小镇方圆百里，大约有一万多人，人民生活和谐。但2000年夏天的一个早晨，突然一股奇异的花香弥漫了整个小镇，这种花香时散时浓，让人有一种不祥的预兆。人们奔走相告，觉得这座小镇可能遭受了某处奇异力量的袭击，大家应该及早逃命。

消息越传越盛，这座万人空巷的小镇只短短几天便成了一座空城。

政府出动了武装力量，帮助救助人群，直升机飞到半空中，侦察是否有外敌入侵。美国联邦调查局很快介入了此次事件当中，他们要查出此次案件的幕后元凶。

韦恩镇镇西的一家里，孩子伯尔当正在自己的房间里收拾行装，母亲让他赶紧离开此地，因为会有危险发生。伯尔当却不以为然，告诉母亲这种香味没有毒的，只不过味道浓了点罢了。

细心的母亲好像发现了端倪，儿子平日里喜欢各类香水，曾经收集过大量各国的名贵香水与香料。他还发誓要制造出世界上千里传香的香水来，从而使自己的成就超越法兰西香水。

母亲问儿子，你知道这香味的由来吗？

儿子没有马上否认，只是低头不语，很快地，母亲进了他的房间里，发现一种平日里少见的香草木正摆放在儿子的窗台上。风儿吹过时，香味缭绕，简直能将人的魂魄勾摄出来。

原来你就是这件事情的始作俑者？母亲怒火中烧，一把抓住儿子要去投案自首，儿子却反驳道，美国没有法律不允许散播香味呀，再说了，这叫千里香，一点儿毒也没有。法国的名贵香水中就有这种原料，我这不是犯罪，是在净化空气。

狡辩，你知道这件事情的恶果吗？你破坏了社会安宁，搅乱了社会秩序，现在人人自危。我不想让别人认为：由于我对你的姑息，才使得整个小镇失去安宁，失去和平。

母亲整整思索了一个晚上，她喝了许多酒，在理智与失控的边缘上思忖着该不该将儿子交出去。一旦交给美国警察，自己的儿子就可能面临终身监禁的危险，那么，他的下半生将会呆在监狱里。可是，他犯了错误，犯错就要愿于承担，否则这不符合平日里自己的教育法则。

终于，在第二天凌晨时分，她推开了儿子虚掩的房门，却意外地发现儿子不见了。难道他是临阵脱逃了吗，母亲痛不欲声，准备去警察局替儿子自首。

到达外面时她才知道，元凶已经投案自首了。警察局里，伯尔当正在陈述自己的观点，并且将千里香交给了警察局长。

千里香被鉴定的结果是安全的，大家长出了一口气，但接下来，伯尔当却面临着被起诉的风险，因为他危害了社会秩序。

母亲一直在向法官求情，说自己儿子年幼无知，并且他是出于无心之过，法庭最后在审判时下了这样的结论：如果想免于监禁，需取得社会各界的原谅。限他们在一个月之内弥补他们的过失。

第二天一早，人们就看到一位沧桑的母亲，拉着儿子在大街上向路人道歉，韦恩镇一共有一万人，他们需要道一万次歉，并且获得一万次原谅才可以。

许多有同情心的人在母亲的留言簿上签了字，表示已经原谅了他们。

但有一些人发疯似地抓住了伯尔当，认为他是故意在挑衅这个社会的容忍底限，一位父亲说道：我的儿子刚刚出生，我不知道他会不会受到污染，要知道他还是个孩子，你怎么忍心这样做？

解释已经变得多余，伯尔当愧疚地跪在父亲面前，只言不发，双手举着留言簿，他们僵持了半天时间，最后那位父亲甩手离开了他，留言簿上他这样写道：他像极了年轻时的我。

在二十多天里，他们已经取得了九千多人的原谅，但还是有人离开了韦恩镇，他们或出去打工，或者是逃离现场一时间无法回转。

母亲拉着儿子，逐个给留有电话的人打电话，如果他们不方便，母亲便会带着儿子坐车前去另外一个城市请求他们的签名。

终于，在一个月的时间里，他们道了一万次歉，法官原谅了伯尔当，母亲带着儿子给现场所有的人鞠躬致歉。

当地的报纸报导了此事，引起了一位法国香水设计师的注意力，他辗转找到了伯尔当，考察了他的简陋实验室后认为：伯尔的实验室缺少密封装置，不算一个正规的实验室，他愿意提供资金，将这里建成自己在美国的实验工厂，伯尔因此变成了名副其实的香水设计师。

向一万个人道歉，不仅是对每一个受伤害人的尊重，也是一种别离了世态炎凉，一种脱离了现实无奈辛酸的爱和感恩，更是向生命顶礼膜拜的至高境界。

落魄时，你最怕见到谁

▶ 文 / 江北笑笑生

亲情如水，使繁杂经过过滤变得纯洁；亲情似火，使平淡通过煅烧日显棱角；亲情是诗，使乏味经过修饰到达一种意境。亲情，是生命永久的动力。

——佚名

同学相聚，热热闹闹一大桌，刚开始，情绪浓烈，酒过三巡，场面慢慢安宁下来。大家闲闲地坐着，互相聊着，一个同学忽然说起了一段往事：

那一年，他在深圳，一连三个月都没有找到工作，身上的钱很快用完了。晚上，睡在冰冷的桥洞里，白天去餐馆里吃别人剩下的饭菜。有一天，他正趴在餐桌上狼吞虎咽地吃着一盒剩饭。突然，他发现有一个人正吃惊地看着他。抬头一看，竟然是他大学时苦追三年不得的女同学。那一刹那，他有一种被人剥光衣服般的羞耻，恨不得找个地缝钻下去，他飞也似的逃走了。

那天，他站在立交桥上哭了很久，要不是念着年迈的父母，他早就跳了下去。最后，同学总结说："真比杀了我还难受！"

大家听了，纷纷感慨。最落魄时，遇见前女友，还有比这更让人难堪的吗？只要是男士，只怕没有不认同这一点的。

说完了，同学一摇头，坐直了身子，振作起了精神："大家都来说说，落魄时，你最怕遇见谁？"

一个男同学说得有点伤感："我的初恋女友和我感情很好，她家世良好贤淑美丽，可是她的父母嫌我穷，嫌我不够机灵。无奈，我们只好分手了。如果有一天我十分落魄时，我最不愿见到的，就是她的父母。"

另一个男同学说："我初中有个同学，下海发了财。有一次同学会，他言语尖刻说我寒酸，我一气之下也下了海。如果有一天，我的生意陷入了低谷，我一定不愿遇见他。"

一个女同学也幽幽说道："我和前夫其实感情不错，都是婆婆在中间撺掇。如果有一天，我生活上不如意，我一定不想让她知道。"

女同学有过一段失败的婚姻，大家听了，都黯然无语。

老班长也来了兴致："不想见的就不要说了。现在来说说，落魄时，你最想见到谁？"

老班长喝了杯茶，清了清嗓子："我先说。前些年我下岗了，房贷没还完，孩子要读书，妻子又生病了。这是我一生中最灰暗的日子。那些日子，我最想见父母，真想躲到父母的怀里大哭一场。"说着说着，那语调变得深沉而伤感。

是啊，人心难测，世事艰难，父母永远是我们身后最安稳的港湾。

有一个同学说，他最想见他姐。他的父母去得早，姐姐便成了他最贴

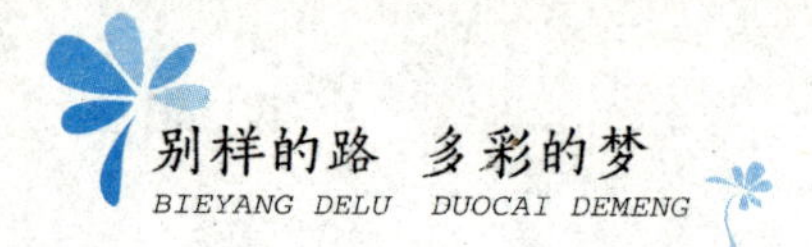

心的人。一有烦心事，总要给姐姐打个电话，听着姐姐细心温柔的安慰，就好受多了。还有一个同学说，他最想见他的导师，导师学识渊博阅历丰富，一定可以给他一些中恳的建议……

回家的路上，我久久地思索着同学们说的话。落魄时，我们最不想见到的，必是我们心里最放不下的人。这往往是一些曾给我们带来痛苦的人，比如前女友，比如旧同事；而我们落魄时最想见到的，必是最在乎我们最关爱我们的人。是那些能给我们无私帮助的人，比如父母，比如兄弟姐妹！

两道选择题

▶ 文／江北笑笑生

没有单纯、善良和真实，就没有伟大。

——列夫·托尔斯泰

上课了，老教授面带微笑，走进了教室，对同学们说："我受一家机构委托，来做一项问卷调查，请同学们帮个忙。"一听这话，教室里轻微地一阵议论，问卷？比上课可有趣多了。

问卷表发下来，同学们一看，只有两道题。

1、他很爱她。她细细的瓜子脸，弯弯的娥眉，面色白皙，美丽动人。可是有一天，她不幸遇上了车祸，痊愈后，脸上留下几道大大的丑陋的疤痕。你觉得，他会一如既往地爱她吗？

A、他一定会 B、他一定不会 C、他可能会

2、她很爱他。他是商界的精英，儒雅沉稳，敢打敢拼。忽然有一天，他破产了。你觉得，她还会像以前一样爱他吗？

A、她一定会 B、她一定不会 C、她可能会

一会儿，同学们就做好了。问卷收上来，教授一统计，发现：第一题有 10% 的同学选 A，10% 的同学选 B，80% 的同学选 C。第二题呢，30% 的同学选了 A，30% 的同学选 B，40% 的同学选 C。

“看来，美女毁容比男人破产更让人不能容忍啊。”教授笑了，“做这两道题时，潜意识里，你们是不是把他和她当成了恋人关系？”

“是啊。”同学们答得很整齐。

“可是，这题目本身并没有说明他和她是恋人关系啊？”教授似有深意地看着大家，“现在，我们来假设一下，如果，第一题中的‘他’是‘她’的父亲，第二题中的‘她’是‘他’的母亲。让你把这两道题重新做一遍，你还会坚持原来的选择吗？”

问卷再次发到同学们的手中，教室里忽然变得非常宁静，一张张年青的面庞变得凝重而深沉。几分钟后，问卷收了上来，教授再一统计，两道题，同学们 100% 地都选了 A。

教授的语调深沉而动情：“这个世界上，有一种爱，亘古绵长，无私无求；不因季节更替，不因名利浮沉，这就是父母的爱啊！”

五月的阳光温暖明媚，透过窗户，斜斜地射进来，照着一张张年青的溢着感动的脸。

爱从这里出发

▶ 文 / 鲁小莫

在爱情方面，女人可能是很坚强的，也可能是很懦弱的。要么是爱别人，要么是接受别人的爱。一旦陷入情网之后，就是有人命令她朝火里钻，她也会心甘情愿服从的。

——朱耀燮

常被女友们羡慕，说她嫁了个好老公，既事业有成，又温暖体贴。有人请教：该如何择夫呢？

她笑了，娓娓道出自己的经历。

他和她曾是一个单位的，因为年龄相仿，有热心的同事想撺合他俩。他也对她表示了好感，但她婉拒。在她看来，他太不起眼了：个子不算高，职位不算高，还有一点，家是农村的。她对他说，咱俩做朋友吧，他也欣然同意。

他第一次去她家，是因为单位分了福利，他和几位同事帮忙搬上楼去。她的母亲端水倒茶，热情地招呼大家，可一不小心，一只玻璃杯落地，她母亲的手，划破了一道小口。别的同事还没有反应，他“蹭”地就站起来。她找来创可贴，他不容分说接过来，仔细帮她母亲贴好，然后俯身捡地上杯子的碎片，却不让她和母亲动手。捡罢，再找来拖把，将细屑与流水收拾干净。

杯子碎地不算是一个合谐的音符，可那天，她的心，莫名地动了下。

周末聚餐。席间，说起将至的一个假期，大家议论纷纷，策划着去哪里玩合适。有人提议，去大峡谷吧，又好玩又刺激。这个意见得到热烈响应。有人问他，他摇摇头，说，这次去不了，我要回老家，帮父母秋收。有人笑喷了饭。在这个城市里，他是一名工程师，他单身宿舍的卫生都是请人收拾的，他居然还要回老家干农活。有人说，花钱帮忙干呗，你又不缺那点钱。他认真地说，那不行！土地是父母的命根子，我要和他们一起享受收获的快乐。

众人还在笑着，她却很注意地看了他一眼。

假期里，朋友们都去了大峡谷，她没去，而他回了老家。她在假期的第二天，忽然间决定，去他的老家看看。

走过一段并不平坦的土路，经人指点，她看到了土地里干活的他。他换下平时的高档服装，着一件朴素外套，举一撅头，一边干活一边跟父母说笑着。他的身后，是一排排圆鼓鼓的花生。阳光打在他的头上、身上，他看见了她，有些惊讶，又满脸灿烂地对着她笑。有潮湿在心里轻轻漾开，她觉得自己就在那一刻，爱上了他。

后来他们结了婚，婚后，他的事业更加篷勃地发展着。

她的故事讲完了，可大家觉是过于简单有点意犹未尽。她又笑了，说出自己的看法：人生最初的爱，是从父母那里获得的。一个对父母之恩都不感念的人，如何能在漫漫的人生之路面对各种诱惑，而不背离自己的爱人呢？

大家就是在这一刻明白的：原来爱情，也有根基。

爱是皇冠

文 / 鲁小莫

母亲的心灵是子女的课堂。

——比彻

公司老总是位女性，姓张，我给她做助理，兼司机。当初我从一名普通的打字员被提升到这个位置，许多同事都祝贺我高升了，可我心里却一直忐忑。伴君如伴虎，张总的严厉是出了名的，她的脸总是不苟言笑。在心里，我称她为“大老虎”。

那天，我协助“大老虎”修改一份策划，直忙到中午十二点多，然后我开着车载她去附近的一家餐馆，吃完午饭，又起身准备往回赶，下午还有一个重要的商务谈判。就在我们打开房间门走出去时，一件意外发生了。一位年轻的服务员端着一盘菜，急急走着，冷不妨撞到张总身上，伴随着服务员低低的叫声，一盘菜从张总的胸前直滑到了脚上。

张总懵了，我懵了，服务员也懵了。

我醒悟过来时，一股怒火“蹭”地在心里跃起，我冲着服务员吼：你

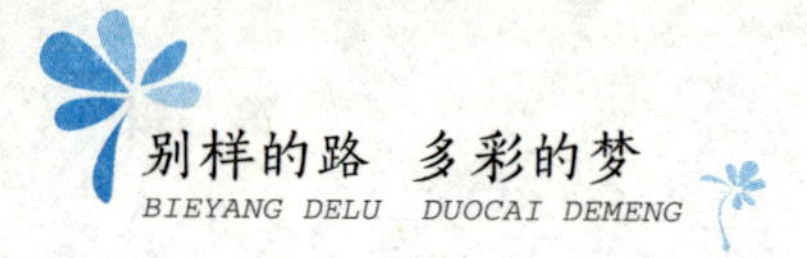

眼睛干嘛去了！服务员咬住嘴唇，低下头，小声嘟囔一句：对不起。

对不起有什么用？离谈判只有半小时了！我觉得我们就像被困住的野兽。使劲挥挥手，我说：去，把你们老板叫来。服务员的头低得更深了，身子却没有动。

我还想发作，张总制止了我，她静静地凝视服务员片刻，忽然问：你多大了？服务员眼里蓄满泪水，说：19岁。张总轻轻叹口气，说：以后，要小心，去忙吧。然后她大步走了出去。

随后的时间，我们以飞一样的速度去旁边的商场，买了套新衣服换上。又以最快的速度，赶往谈判桌。

当我们在谈判桌前坐下时，时间不早一分，也不晚一分。我长长地吁出一口气。张总的脸上平静如水，可我知道，此时，我们的心脏都在超负荷地跳动着。

那天的谈判很艰难，直谈到晚上九点钟才结束。

回去的路上，张总疲惫地靠在椅背上，闭着眼睛。我知道为这次谈判，她耗费了大量心血，昨天晚上就熬到下半夜。车子在红灯前停下时，她忽然惊醒似的，睁开眼睛，说：快，帮我给小丫拨个电话。小丫是她的女儿，在国外上大学。

电话拨通，她对着手机，露出笑容，轻声说：小丫，还没睡啊……端盘子时，要小心，别撞了别人！

我有些啼笑皆非，她急急地打电话，只为这一句呀！

她却像完成了一件大事似的，收了手机，又靠在椅背上。

我扭过头看她。她闭着眼睛，嘴角带着微笑，仿佛还沉浸在刚才的温柔之中，跟平常的“大老虎”形象，简直判若两人。

我先是诧异，慢慢地，感动在心里漫开。母爱是皇冠，当这顶皇冠高贵地戴在头上时，她平时所有那些让我敬畏的品质：严厉，果断……全都灼灼生辉，有了一种异样的光彩。

多爱一次

▶ 文 / 鲁小莫

慈善的行为比金钱更能解除别人的痛苦。

——卢梭

前年朋友患眼疾，视力严重下降，外物在他眼里只是一团模糊。那是一段心灰意冷的日子。先是单位借故辞退他，而后女朋友离开他。他的心里，成天灰蒙蒙地飘着细雨，心底也结了一层厚厚的青苔。

每天下午他都要去附近一家医院治疗，傍晚时分，再顺原路回来。这条路，他走了二十年，路边的一草一花，路面的每一块石砖，他都再熟悉不过了。可屋漏偏又逢下雨，那段时间，这段路整修，这一处那一处，到处被挖得坑坑洼洼。

他极力辩认着坑洼处，尽量绕开，可还是不可避免地掉进去，一次次摔倒。周围是匆忙的人群，那些修路的民工，也只是低头苦干，似乎所有的人都在笑话他，又似乎根本没人注意他。他的心里充满愤怒，以前他曾多次帮助盲人过马路，可为什么自己需要帮助时，却无人理睬？他想，视力恢复后，他一定要将这些愤怒，扔垃圾一样统统还给周遭。

他摔了三天跤。第四天，再经过这段坑洼路时，他听见一阵咚咚咚的脚步声，一个小男孩跑来，说，叔叔，我帮你。一只小手伸进他的手心。

他的心里吹进一股清凉的风。他想，这个世上，也许只有孩子的心才是最纯净的吧。

由男孩牵引，他很顺利地通过坑洼处。他刚想说声“谢谢”，男孩却一转身，丢下一句“叔叔再见”，一溜烟跑了。

此后的第二天，第三天……天天如此。

男孩总是及时出现在他身边。他有些惊讶，一问才知，男孩住在路边的那片住宅楼上，从自家的阳台上，就可看见他走过来。

他微笑着问，你家住哪一栋哪一层？他想视力恢复后，一定要登门感谢，感谢男孩，感谢男孩的父母。

男孩却沉默一会儿，说，叔叔，妈妈说，不要告诉陌生人自己的家住在哪里。

他笑了，不再过问。

第二天，他带来一罐饼干。饼干是一位韩国朋友送的，包装精美，口味独特。他想小孩子总是嘴馋，这次一定不会拒绝。

没想到男孩又沉默一会儿，说，叔叔，谢谢你！可妈妈说了，不能吃陌生人的东西。转身又跑了。

他拿饼干的手擎在半空，愣住。原以为孩子的心是没有污染过的天空，其实，孩子同大人一样，也会遭遇冷漠，自私，欺骗……于是，孩子早早地学会了保护自己，这也许无可厚非。令他感动的是，尽管男孩心存警惕，却不妨碍他用一颗善良的心去帮助别人，爱别人。

他觉得一股强烈的阳光，猛地射进他的心。心底那些阴湿的青苔，迅速干枯。

眼睛康复后，他又找到一份工作。工作中竞争很大，但他却能够以德报怨。渐渐地，他成了同事与朋友眼中最受欢迎的人。

朋友对我说，那段路，他还常常走过，他的掌心里，始终留有男孩的温暖。是男孩教会他，不管世界怎样都不妨碍我们做个好人。多爱一次，世界就多一份光亮，而我们，也会因此多收获一份温暖的力量。

与1200只猪相伴的日子

文 / 筱诗蕾

在一切道德品质之中，善良的本性在世界上是最需要的。

——罗素

微风中带着小猪散步，细雨中对着小猪唱情歌，与小猪一起听风赏花晒太阳，这样的养猪方式你见过吗？在日本，真有这么一位猪农，十几年来以一种别样的饲养方式，宠溺着他的1200只猪，被人们亲切地称为“超有爱心的猪爷爷”。

这位猪爷爷名叫上村宏，今年70岁，一个人打理着很大的养猪场。多年前的一天，因为身体突发状况，独居的爷爷晕倒在猪圈里。在医院醒来后，邻居告诉他，那天猪圈里的猪宝宝非常烦躁，使劲叫唤，让他们感觉异常，才发现倒在地上的他。爷爷听后，眼睛红了。

出院后，爷爷依旧每天去伺候他的猪宝宝。每当晨曦微露，爷爷就会准时起床，去清洗猪圈，再将拌好的猪食倒入食槽。忙完后，爷爷会点上烟，一脸满足地听着酣睡的猪宝们发出的呼噜声。抽完烟，随着爷爷的吆喝，小猪们晃动着肥胖的身子，慢悠悠地醒来。当闻到香喷喷的食料时，猪宝们你拥我挤地冲向食槽，听着津津有味的砸吧声，爷爷很是知足。这时候，爷爷会随手拿起报纸，大声地读新闻。虽然猪宝们不会鼓掌，只会继续快乐地拱着食物，可又有什么关系，爷爷并不在意。

吃饱喝足后，猪宝们开始围着爷爷撒欢了。爷爷放下报纸，拿起吉他，拨动琴弦，唱起日本民间小调。顿时，猪圈开始躁动起来，小猪们随着爷爷的歌声，迈着笨拙的步子，晃动起来。爷爷一边唱，一边和小猪们互动，甚至高举吉他和小猪们跳起舞来。歌声、脚步声、哼哧声混合在一起，构成了一曲美妙的“猪圈交响曲”。阳光暖暖地照在他们身上，很温馨很温暖，这样的情景，足以让人融入浓浓的幸福中。

在阳光晴好时，爷爷会挑几只个头瘦小的猪宝到附近的海滩上晒太阳，爷爷叼着烟，翘着二郎腿，很悠闲地晒着太阳，而小猪就乖乖地腻在爷爷身边睡大觉；下雨天，出不了门，爷爷索性趴在阳台看风景，居然也有几只调皮的小猪，学着爷爷的样子趴在阳台上一起看风景，那认真的模样让人看了忍俊不禁。

有了猪的陪伴，爷爷的日子过得很惬意。偶尔爷爷也有黯然神伤的日子，那就是猪宝宝离开他的时候，那种揪心的疼让他只能抱着猪宝默默无语。他用手揉搓着它们的耳朵，想起它们年幼时都曾趴在他的肚皮上睡觉，也曾在他温柔的抚摸下洗过热水澡，想到这里爷爷顿时神情哀伤落寞，那是他不得不送走猪宝的最悲伤的时刻。

看着爷爷这样宠溺小猪，邻居们很是不解，不就是猪么，给它们喂好吃好，养足斤数便好，到头来还不是得卖了宰了换钞票？

他们不会明白，孤单寂寞的日子因为有了小猪的陪伴，爷爷的每一天都是晴朗的，他们之间已经超越了动物和人的关系，彼此有了一种心灵上的默契，就像亲人一样相依相伴。

一次，爷爷出远门办事，他将养猪场交给朋友照看。两天后，牵挂着小猪的爷爷心急火燎地赶回来。当他哼着日本小调走向猪圈时，让人意想不到的是，猪宝们听到他的声音，顿时乱成一片，不断地拱着猪圈。朋友说，在爷爷离开的两天里，大猪小猪们没看见爷爷都懒洋洋的，没有心思吃饭。爷爷听了，满眼的泪花。

与猪相伴走过的日子，让爷爷度过许多美好而近乎奢侈的时光。在那些暖心的画面里，爷爷和他的 1200 只猪宝宝像哥们一样逍遥自在，像爷孙一样其乐融融。

陪伴是最真情的告白，未来的日子，猪爷爷和他的 1200 只猪的故事依旧在倾情演绎，温暖着我们的心。

爱中有朵小浪花

▶ 文 / 王一帆

善的源泉是在内心，如果你挖掘，它将汩汩地涌出。

——奥勒利乌斯

他和女儿下了火车，踏进这座城市的时候，女儿像只欢快的小海鸥，指着远处喊："爸，快看，大海！"

一直想带女儿来看大海，却因为忙碌而拖延着，直到拿到那张医生诊断书，他很快买了看海的车票。

他想找个地方先安顿下来。可因为是旅游旺季，走了好几家旅馆，家家客人爆满，而且每家旅馆都价格不菲。他盘算着兜里的钱，想，能在这里住几天？

又来到一家小旅馆。一位女孩迎出来，笑着说："真巧，只剩下两个单人房间了。"他拉住 7 岁女儿的手说："我们住一个房间。"女孩迟疑一下，说："我带您去看看。"

走进房间，他倒吸一口气，房间很小，只能容下一张单人床和一张小书桌。但他还是对女孩说："我们就住这间了。"

晚上睡觉时，他搂住女儿柔软的小身体，父女俩紧紧靠在一起。女儿睡着了，轻轻松开他，翻一个身，把他半个身子挤到床外。女儿再翻一下身，他差点从床上掉下来。可能女儿也觉得太拥挤了，翻来翻去总睡得不够踏实，他索性起来，趴在那张桌子上。

早上他和女儿从房间里出来，迎面碰见那女孩。女孩吓了一跳，他眼睛浮肿，面色苍白。女孩关切地问："您还好吧？"他点点头。

女儿在海边疯玩了一天。开始时他还能和女儿做游戏，可渐渐地，额头的汗珠越来越大。他喘息着，坐在沙滩上，任由女儿自己堆沙子。

晚上回到旅馆，女儿问他："爸爸，明天咱们去哪儿？"他说："海里有座小岛，咱们坐船去岛上玩。"女儿拍着手欢呼起来。

他看着那张单人床，眉头皱了半天，终于下了决心，去前台找那女孩，问："另一个房间，我们也要了吧。"女孩为难地说："那个房间，已经有客人了。"

女儿困了，早早爬上床，喊他："爸爸过来睡。"他叹口气，想，自己再这样耗下去，是坚持不了多久的。

有人轻轻敲门，是那女孩。女孩说："晚上我值班，前台后面有张休息床，要不让孩子睡在那里吧！"她举了举手里的小海螺，问女儿："宝贝儿，喜欢吗？"女儿一下子跳起，跑过来，接过小海螺，笑着跟女孩走了。

他舒畅地躺在床上，手脚伸开，睡意猛袭过来，不到一分钟的时间他便睡着了。半夜醒了，他轻手轻脚地走到前台。女孩趴在前台的桌子上睡着了，女儿在后面不远处的床上，均匀呼吸着。他又轻手轻脚地离开。

早上他向女孩道谢，并表示不安，问："你能休息好吗？"女孩笑着说：

“习惯了，按规定，值班时间是不允许睡觉的。”又说：“您的气色好多了。”

良好的睡眠仿佛给了他动力，海边新鲜的空气又让他神清气爽。接下来的几天，他和女儿玩得特别尽兴，他甚至忘了那张诊断书。晚上女儿一直睡在女孩那里，她们成了无话不谈的好朋友。

一周的时间很快过去，他们要回去了，女儿依依不舍地跟女孩告别。他看着女孩略带疲惫的脸，真诚地说：“谢谢！”女孩摆手，笑：“真的没什么。”

回到家，他长长舒出一口气，放下一桩心愿，他可以安心地去医院接受治疗了。到医院的复查结果却让他目瞪口呆：他的不治之症是误诊。他简直不知道该哭还是该笑，想起这段时间他一分一分为女儿的未来省钱的情景，他流泪了。

他给那女孩打电话，电话是一位中年女人接的。女人告诉他，女孩因为上周申请加班，这周便休息了。

他感到了蹊跷，问：“上周她为什么加班？”

女人含糊地说：“好像有一个外地来的小女孩，睡在她的床上。”

他愣住，刹那间，百感交集。命运跟他开了一个大玩笑，在这个玩笑中，他感受了最巨大的残酷与最深沉的温暖。

他把女儿在海边的相片制成电脑桌面。相片上，女儿幸福得像个天使。女儿身后的大海，碧蓝无际，海面上有朵朵浪花，每一朵，都美得令人炫目。

小悦的照片

▶ 文 / 王一帆

善恶的区别，在于行为的本身，不在于地位的有无。

——莎士比亚

她叫小悦，是我们当地电视台著名的节目主持人。一次吃饭中，给我们讲了一个她自己的故事。

几年前，她来到本市，应聘在电视台工作。她在梦海小区买下一幢房子，搬家那天，她站在楼下指挥着搬家工人忙这忙那，直觉告诉她，有人在看她。回过头，果然，不远处，一个女人正对着她。女人三十左右，衣着简朴，头发有点凌乱，面带倦容，可她的目光清澈明亮，像一束电光，直直地射过来。

小悦眯了眯眼睛，回视过去，女人也不回避，依然那样看着她，足足有三分钟，眼睛都不眨一下。小悦心里有了不悦：有这样看人的吗？作为一名节目主持人，她习惯于各种目光：仰慕的、喜爱的、嫉妒的……可这样的眼光算什么呢？小悦扭过身去。

她确实不算什么。在小悦回家必经的一个路口，她在卖手抓饼。她的手抓饼的车子上，挂着一个牌子，写着：正宗手抓饼。这让小悦感到十分好笑，手抓饼也有正宗的吗？女人总是很忙碌，边做饼边卖饼，可不管多忙，只要小悦经过，她马上停下来，对小悦行注目礼。从小悦远远地走来到小悦远远地离去，那束目光不离不弃。

终于有一天，小悦逆着那束目光，用自己的美目，狠狠地瞪了她一眼。女人似乎一愣，继而低下头去。再经过那个路口，女人就一直低头忙着。可小悦感觉得出来，只要她走过去，那束目光就又追随过来。这种感觉从来没有错过，有时候小悦忽地一回过头，那束目光立即软下来，垂下去。年轻的小悦在心里笑出声。

这件事是小悦生活当中一个极小的插曲，小到小悦以为可以从来不被提起。

后来，小悦在工作中遇到瓶颈，她决定外出求学深造一年。外出前，她收拾了一下屋子，把一些没用的东西和不看的书卖掉，然后把房子托管给一位朋友。

一年后，小悦回来，朋友交给她一张相片，是小悦的百日纪念照。小悦惊讶极了，这张相片，丢失了很久。曾经，她和母亲翻箱倒柜地寻找，也没能找到，她和母亲很是失落。现在居然从天而降，小悦欣喜地问朋友，从哪里找到的？

在朋友的叙述中，小悦知道了相片的来历。

一天，一位女人来敲门，朋友开了门，女人自称是卖手抓饼的。她在旧书摊上发现几本书，书的菲页上龙飞凤舞地写着小悦的名字。女人就蹲下去，一本一本地翻看。小悦是她十分喜爱的一位主持人，小悦搬来的那天，她第一次见到“庐山真面目”，简直呆住了。小悦比电视上更漂亮，更有气质，她羡慕不已，钦佩不已，做女人就该做这样的。她简直不知如何表达自己的心情，就一直呆呆地看着她。

旧书摊上的这些书，因了小悦的名字，仿佛也灼灼生辉。在一本书的夹页里，女人发现了这张相片。胖胖憨憨的娃娃，带了小悦的眉眼。女人明白这张相片对于小悦的珍贵，于是她买下那本书及相片。相片随时带在身上，她打算一看见小悦，便及时交还，可却再也没有见过小悦。她知道小悦就住在这个小区，可到底住在哪一幢楼上，又不清楚。好在小悦有一定的知名度，几经辗转，也被人怀疑过，她终于打听到了这里。

朋友娓娓道来，小悦的心里，慢慢起了涟漪。那些被遗忘的镜头，慢慢回放过来：女人直直的目光，小悦狠狠的回视，女人垂下去的眼睑……小悦觉得自己的心，受到了伤害。

是的，受到伤害。曾经，她用自己高傲，伤害了那女人。而爱和伤害，都是回头箭，射出去了，也有返回来的时候。

以后小悦再也没有见到那女人，不知道女人到哪里去卖手抓饼了。有时候小悦会默默想念那女人，开车行在城市的大街小巷，她的眼睛会不自觉地寻找，多么希望不期然遇见那女人。那时，她一定会站在女人面前，或许不说话，只四目相视。如织的目光中，一定会有温暖的爱意流动。

幸运之币

▶ 文 / 王一帆

人之性也，善恶混，修其善则为善人，修其恶则为恶人。

——扬雄

从老人面前经过时，他的脑子里一片茫然。这种感觉，很像阴沉沉的天空，压抑着透不出一丝光亮。可是，当老人的眼睛，苍桑的面庞，花白的胡须，在他眼前一闪而过时，他有一种似曾相识的感觉。是的，父亲的感觉。乡下的父亲，脸上的每一道皱纹，也是如此这般地烙上生活的印记。

他停住，退回老人面前。

老人坐在路边，眼前放着一只碗，碗里有几张一角的钞票，几枚硬币。他叹口气。现在的人越来越吝啬了，连一元钱都不舍得施舍。也难怪，类似老人这样的"骗子"越来越多，人们防骗都来不及呢！自己就对朋友说过，我才不会对别人施舍，我巴不得有人救济一下我呢！

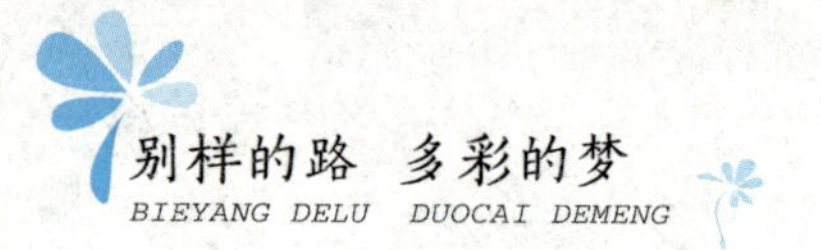

可是现在，他的鼻子有些酸。他想起来，自己已有两年没有回家了，也没有给家里寄过一分钱。今天早上，房东一个劲地催促他交房租，可他的新工作一直没有着落！他的手从衣兜里抽出，将手心里的一元钱轻轻放进老人碗中。这一元钱，他本来是打算坐公交车的。

老人直起腰，作揖，用嘶哑的声音说："发财！"

"发财"，这两个字真好听，可是，自己什么时候能发财呢？

他叹口气，往前走，走了两步，却停下来。

他的脑子里闪过老人的碗，碗里的硬币。那枚硬币，那枚硬币……他的心忽然狂跳起来，他又退回来。

他蹲在老人的碗前，细细端详，其实用不着端详，他一眼就认出那枚硬币，那是一枚年代久远的硬币。这枚硬币今天早上他见过，只是他见到的不是实物，而是网上的图片。这枚硬币，在钱币市场上，已被炒到近千元。

他的手有些颤抖，从兜里掏出一元钱——他仅剩的一元钱，放进碗里。老人再一次低头作揖，他抑制住心跳，故作平静，问："这枚硬币，送我吧？"老人抬了抬浑浊的眼睛，点点头，说："发财！"

他把硬币揣进兜里的时候，觉得自己仿佛能一步飞起来，他在心里喊："真的发财了！"

那天他走了两个多小时才回到家。没有了坐公交车的钱，虽然累得腰也酸腿也疼，可他觉得，幸福和快乐都被他揣回来了。

那枚硬币，他没有马上抛售，他认为它以后升值的空间会更大些。他小心地把硬币放进钱币夹，钱币夹里，有他收藏的众多钱币。那么多的钱币，却没有一枚比这一枚更值钱。

这是一枚幸运之币。自从有了它，他一扫阴晦的心情，脸上有了笑意。人才交流市场上，他如愿找到一份新工作。新工作虽然有些累，与他的专业也不甚对口，可毕竟，收入增多，生活有了着落。

晚上睡觉前，他喜欢翻一翻钱币夹摸摸那枚幸运之币，然后满足地入睡。他觉得自己平生做得最划算的买卖，就是花了两元钱，从老人手里“买”回它。他庆幸，那天，幸亏从那条街道走过，幸亏遇到那位老人，幸亏扔给老人一元钱……

想起老人，他不免愧疚。他替老人惋惜，老人平生做得最不划算的买卖，就是用这枚幸运之币，换回两元钱吧。可是，谁让老人不识货呢？如果自己不把硬币拿走，说不准也会被别人拿走，或者，它永远地躺在破碗里。自己是聪明的伯乐呀！

这样想着，他舒出一口气，闭上眼睛，慢慢进入梦乡。可没过一会儿，他就在梦里被惊醒。他梦见老人在后面追他，他攥着那枚硬币，使劲地跑啊跑。他跑到家乡的山上，终于把老人甩掉了，可一转身，发现父亲坐在山坡上哭泣，他惊出一身冷汗……

这样的梦，他做过好几回了。

黑夜里，他起身，开灯，抹抹额头的汗水，打开钱币夹，静静地看着那枚硬币。

终于，一个周末，他取出硬币，揣在自己崭新的T恤衣兜里，走向那条街道。

在老人面前蹲下，他张开手掌，露出那枚硬币的时候，他的眼睛有些湿润了。这枚硬币，伴随了他这么久，为他带来了好运。现在，要物归原主了。

他问老人：“你还认识它吗？”

老人摇摇头。

他说："它是你的，现在还给你。"他把硬币放在老人手里。

老人点点头，一扔，硬币被扔进破碗里。

他急了，把硬币取出，重新放回老人手里，说："这不是一枚普通的硬币，它价值千元。"

他开始给老人讲故事，从他扔下的一元钱讲起。虽然他讲得有些语无伦次，可他还是讲明白了。末了，他嘱咐："一定把这枚硬币保管好。"

老人茫然地听着，半天，笑了，露出豁牙，说："小伙子，你可真会讲笑话，是不是闲着没事拿我寻开心？"

他一下子涨红了脸，站起来，说："要不，我现在就把它抛售了，换成钱给你。"

老人看着他，慢慢地，脸上有了疑惑的表情，问："既然这么值钱，你为什么要还给我？"

他苦笑："因为良心，良心天天在梦里，追着我跑呢！"

老人终于相信了他的话，左右看看，把硬币揣进兜里，又不放心，取出来，揣进最里层的兜里。

他舒出一口气，心里像落下一块大石头。冲老人摆摆手，他要离开。

这时有人叫住他。

那个人坐在不远处的车里，在等一位朋友，无意中摇下车窗玻璃，听到了他与老人之间的谈话。

那人问他："小伙子，你还收藏了其它货币吗？"

他点点点。

那人递来一张名片，说："我想高价收买，明天你到这个地方找我吧。"

那个人，是期货公司的董事长。

第二天，他带着钱币夹，忐忑地来到董事长豪华的办公室。他的钱币当然没有被高价收买，一番长谈后，他被聘为期货公司的正式员工。

几年后，他坐上期货公司总经理的位置。

他常常跟朋友讲起这个故事，他一直忘不了那枚幸运之币。一次在记者对他的采访中他又提起这件事，记者笑问："为什么我没有遇到一枚幸运之币呢?"他想了想，说："幸运之币，有一双慧眼，喜欢跟随在爱与善良之后。"

第三辑

Chapter Three

小　美

▶ 文 / 王花梅

善良既是历史中稀有的珍珠，善良的人便几乎优于伟大的人。

——雨果

八月十五那天我去超市，远远地看见超市外面人群簇拥。走近才知，商家在搞汤圆的促销活动，平时十几元一包的汤圆，现价三元。

实在是物美价廉！我挤进人群，双手出击，迅速抢到四包汤圆。

周围的人们跟我一样，一边抢汤圆交钱，一边催促着卖汤圆的女孩：快点快点！眉眼间满是急切。

是啊，大家都急着回家过节呢！

女孩应着，收钱，找钱，额头上淌下汗珠。

我伸手拿着钞票，等着她收钱，这时耳边响起一个声音："姑娘，这汤圆一元一包吧？"

我的眼镜差点掉下来，三元一包已经够便宜了，还有人讨价还价？我扭过头看说话的人。

是位老人，我认识他，也住在这个小区，七十多岁。还记得第一次见到他的情景，我匆匆走路，远远就看见他。他张着嘴，豁着牙，笑嘻嘻地站在那里。他为什么对我笑？我心里闪过一个个问号。

经过他时，他说："今天天气真好啊！"

我点点头："是啊！"

他问："你去上班吗？"

我点点头："是啊！"

他还想说些什么，可我脚步匆匆，很快离开，心里纳闷着："我认识他？"

第二天，同样的时间，地点，我和这位老人，有着同样的对话。

慢慢地，我明白了，我跟他素不相识。他不过没话找话而已，因为他跟别的行人也有着同样的对话。

再经过他时，我低下头，匆匆而过，我仿佛能看到他失望的表情。可这跟我有多大关系呢？成天忙得团团转，哪有心思没事搭讪！

现在，老人拿着一包汤圆，继续问女孩："一元一包吧？"

大家都忍不住笑了，看了他一眼，然后，各忙各的。

女孩说："大爷，不行的，三元已经是最低价了，我们不讲价的。"

"一元！"老人很固执。

"三元钱，大爷。"女孩一边手脚麻利地收钱找钱，一边不急不燥地回答。

我举钱的手都有点酸了，女孩这才收了我的钱。我走远了，还听见那位老人说："你就便宜便宜吧，一元钱！"

"大爷，三元钱。"

我不禁佩服女孩的耐心了。

回到家，母亲已经将一桌子饭菜做好，我一边下汤圆，一边把刚才的见闻当成笑料讲了。父亲没有笑，他认识这位老人，讲了老人的情况。

老人姓程，大家都叫他老程头，他孤身一人，有个女儿，远在美国。

母亲忙碌着，问我："汤圆这么便宜，为什么不多买一些？"

我一拍脑袋：是啊！为什么不多买些。我穿上外套，又走出去。

超市外面的人群已散去，女孩还在，忙着收拾东西，她的汤圆已抢购一空。

我离开时，问了女孩一句："刚才讲价的老人，他买汤圆了吗？"

"没有。"

"他嫌贵？"

女孩摇头："后来我同意一元钱卖给他，他又不买了。"

"为什么？"

"他说他血糖高，不能吃甜食。"

"那他还讲价？"

女孩用手背抹一下额头上的汗："他只是想跟人说说话而已，我也只是陪他说说话吧。"说罢，搬着一摞空箱子，走了。

我却怔住。

想起父亲说的：他孤单单一个人；又想起路经老人时，我低头，垂眼……慢慢地，惭愧像潮水一样涌来。我自以为是个善良的人，常常希望能做很多好事、善事，却连跟一位孤单的老人多说一句话都不肯。

女孩渐行渐远，她的身影有些单薄，在我眼里却分外生动起来。她像一朵花儿，不张扬，不眩目，却有一种淡淡的美——小美。

是的，小美，虽小，却能汇聚成美的海洋。

我能做的，或许，仅仅是一点——小美。

有情人

文 / 王花梅

希望被人爱的人，首先要爱别人，同时要使自己可爱。

——富兰克林

他是坐上连夜的火车赶回来的。火车凌晨进站，这一天，是情人节。

他没有告诉她今天回来，他喜欢看她惊喜的表情。那表情，一惊一乍的，能让他心花怒放。他也没有告知父母，他想象得出母亲的问话：怎么回来了？车票单位里给报销吗？

他还是决定先回家看看，被单位派往外地驻点半年多了，他只在春节时回来一次。走进一幢简陋的筒子楼，敲敲那扇陈旧的铁皮门，“吱”一声，门开了，露出一张苍老的脸。

更惊讶的是他，他没想到，分别不过一个多月，母亲衰老得这样厉害，白发似乎更多了。进屋，走在母亲前面，他支支吾吾地回答母亲的问题：单位里有点事，所以回来了，车票当然报销了。

说这些话的时候，他的脸有些红。在屋里转了一圈，看见餐桌上有两个馒头和一碟咸菜，这应该是父母的早餐了。卧室里传来父亲的咳嗽声，他走进去。

父亲还躺在床上，母亲走进来解释：前些日子父亲骑车不小心被人撞了，腿骨折，卧床养着呢。他有些愤怒，问，肇事者呢？母亲叹口气，说，责任在你父亲，人家也给赔了一些医药费。他问，为什么不住院住疗？母亲说，住院得多少钱呀！再说，这病在家里养着，也一样。

他红了眼，不再说话，仔细看了父亲的伤处。回过身，从包里掏出几根火腿肠，放在桌上，火腿肠是火车上吃剩下的。

他说，我出去一趟，便出了门。他想赶在她上班前，见她一面。

她在一家汽修厂当会计，他知道每天她都会早早来到办公室。想起她甜甜的笑，他心里的不快，就像阴霾见到阳光。在异乡的日子里，孤单如影随行，尤其在夜里，寂寞沁入心骨。只有她的笑容，才能安抚他一颗不安的心，他常常是想着她的笑容入睡的。

快到她单位的楼下，他买了一束玫瑰花。情人节里，玫瑰花遍地都是，价格却贵得要命，他顾不上那么多，又买了一盒心形巧克力。

当他和玫瑰花一起出现时，她在一瞬间跳起，扑进他的怀里。他拥着她与玫瑰，那一刻，觉得自己是世界上最幸福的人。

她说，你父亲腿受伤了。他点点头，问，怎么都不告诉我。她说，你妈不让，怕你分心，不好好工作。他点着一支烟，不再说话。

她说，今天我上班，你回去帮你妈卖菜吧。又说，你妈一个人卖菜，不容易。

他和母亲站在农贸市场，就像一棵大树和一株小草站在一起。母亲的脸上写满骄傲。他帮母亲捆菜，称菜，收钱，大声吆喝。中午的时候，他估计她也午休了，便把收钱的包塞给母亲，一溜烟跑了。母亲笑笑，也不多问。

他扑了个空，她不在办公室。他回来时，发现她正和母亲一起吃盒饭。两个女人看着他笑，他也笑，拿起留给自己的一份盒饭，大口大口吃起来。她吃完，擦擦嘴，说，我走了。云一样飘去。他在她身后大声喊，卖菜，卖好看的黄花菜，她回一下头，抿着嘴笑。

卖了一天的菜，他点了点，才三十多块。他疑惑地问母亲，这么少？母亲却说，不少了，现在超市多，来农贸市场买菜的人越来越少了。

他的鼻子有些发酸，他很想对母亲说，以后别卖菜了。可他知道母亲会说，不卖菜？不卖菜怎么挣钱！把钱攒够，把房贷的首付款付了，有了房，赶紧把你们的婚事办了。

他很想拍拍胸脯说，这事您别操心了，可是这话又被哽在嗓子眼儿。他和她的工资都不算高，不做“月光族”已经不错了。一想起这事，他心里除了愧疚，还有无奈。

他终于在黄昏才有机会单独跟她在一起，他提议去吃烛光晚餐，她不同意。他们便在路边的小店里，要了两个菜，一瓶红酒。

他还要赶晚上十点钟的火车。上车前，回家拿包时，他看见母亲正往他的包里塞大碗面。他说，妈，别带了。母亲问，不带你在火车上吃啥？他含含糊糊地说，火车上有卖的。母亲说，火车上的贵，这一碗方便面，能省不少钱。

他上了火车。包在怀里，大碗面将包撑得鼓鼓囊囊，他拉开拉锁整理，手在一瞬间停住。除了大碗面，他还看到一样东西：一盒心形巧克力。他立即明白：她在中午的时间，把巧克力送给母亲，母亲又留给了他。

千万般滋味一齐涌上来，他的眼睛慢慢湿润了。抱紧眼前的包，仿佛，他抱着整个世界。

老人 荒村 涂鸦

文 / 碧柔

每个天才的产生，必是热忱的产物。

——本杰明 · 狄斯拉里

暖暖的午后，穿过青石板小路，一位耄耋老人正认真地在墙上作画。只见他手握画笔，时而仰望天空凝神思索，突然又收回目光，像是获得了灵感，然后继续神情专注地在墙上描描点点，每一笔都那么用心、那么用情。看着墙上趣味十足的小猫小狗，老人的脸上泛起了孩童般的笑容。

老人叫黄永阜，今年 94 岁，独居在台中眷村。这样的涂鸦，他已经坚持了整整十年。

眷村是早年台湾为安置国民党军官而兴建的房屋，如今已经破旧不堪，变成“荒村”。十年前，听说政府有意要拆除眷村，老人心有不舍。他常常站在村口，对着古旧的大街发呆，这些老旧的房子承载着他旧时的记忆，而今如此衰败，他却无力改变。

84 岁那年的一天，为了打发无聊的时间，他无意间捡起粉笔在地上涂画，没有任何绘画基础的他只是凭着想象画着小鸡小兔。

“阿公，您画的是啥?”“是小鸡呀。”看着邻居一脸的好奇，老人开心地回应，说完竟像孩子般地笑起来。这位耄耋老人不会想到，这次无意的涂鸦竟会开启他的绘画之旅，继而改变了一个“荒村”。

随着画中的动物和花草越来越逼真，老人想到用涂鸦让自己的旧家焕然一新。考虑到粉笔画容易抹掉，他便用油漆代替，将十几平方米的老屋刷个遍，然后用画笔沾上鲜艳的色彩，细心地描出卡通人物、小猪、机器人……

没想到重新“装修”后的家竟成了村里一道独特的风景，原本斑驳的墙面和房屋就像披上了一件靓丽的新衣。欢喜的同时，老人想到了村里那片破旧的老屋，他希望将荒村重新焕发生机，让人们在美丽的新眷村生活。

就这样，村口那条数十米长的小巷成了老人的画布。每天，老人都拿着颜料和画笔，蹒跚地走进小巷，旁若无人地对着墙壁开始涂鸦。老人的做法让人们特别好奇，这个九旬老人童心未泯?

“阿公，您为什么总是画这么幼稚的图画呢?”

“因为它有快乐在里面呀。”老人呵呵一笑，在他心里快乐才是人生最真的本意，他希望走进眷村的人都能感受到这份简单的快乐。

老人每一天都画得很认真，细细揣摩，甚至还会找些孩童来讲故事，从中获得灵感，力求有更多快乐的画面出现在人们的视野里。他的笔法充满童稚的拙趣，有着不同于一般人的特色，他希望人们能从那些花草、外星人、卡通人物中找到原始和本真。当一幅又一幅涂鸦印在墙面上时，人们的眼里充满了欣喜，因为它们改变的不只是荒村，还有人们的心境。

慢慢地，越来越多的人喜欢上老人的涂鸦，喜欢上那份充满童真的简单快乐，更喜欢上这个爱心老爷爷。有一次，看着老人疲惫地靠着墙休息，村里人心疼地让老人回家休息。老人摆摆手，指指脑袋，打趣道："我这刚有灵感，不能让它溜走。过一阵你们就可以看见，这里多了保佑你们的齐天大圣。"老人暖心的话让大家特别感动。

看着荒村一天天的改变，老人乐此不彼。从墙面到门板，从地板到围墙，就连地上的水沟他都不放过。那些亮丽的色彩让荒村变成了名副其实的"彩虹眷村"。如今，这里已经成为台湾一个著名的景点，许多人慕名而来，只为看一眼传说中的"彩虹眷村"。

九旬老人的执着让人感动，涂鸦中的那份童真更是让人找到了心灵上的共鸣，人们在画面中找回了儿时的记忆，还原了生命的本真，那就是快乐。美丽生活，快乐人生，这也是这位耄耋老人涂鸦的真正用意吧。

青叶碧玉

文 / 碧玉

忧喜塞翁马，得失楚人弓。

——孙华《闲居写怀十首》

学生下厂实习前，送给我一盆绿色盆栽做纪念。孩子们很用心，特地选了“碧玉”绿植，只因它与我同名。感恩孩子们的一片诚意，我收下并置于办公室桌上。

“青叶碧玉”十分养眼美丽，成了我方寸天地里一道亮丽的风景线。平日我只喜欢赏花，却极少养花。今日偶得，自然十分欢喜，更何况其中饱含着孩子们浓浓的情意。于是，每日到办公室，我第一件事便是拿起小喷壶，对着绿植细细喷洒。当绿叶上沾满水珠，一滴一滴地滑落，我的心田便会漾起一阵阵的暖意。如此静心照料，实在出乎自己的意料。闲暇时，我会微笑着与之对视，享受它带给我的美好和欢喜。

时间一天一天过去，就在我满心期盼绿植能长出新嫩芽时，意外发生了。原本绿意盎然的叶子，竟然慢慢变色，继而蔫了，耷拉着，直至凋谢。看着掉落的叶片，我心疼得直流泪，自己一直很用心呵护，每天不忘浇水松土，简直到了“无微不至”的地步，却为何落到这般结局？

“你不知道吗？这种植物喜阴，每隔五天浇一次水就行，浇水多了容易烂根。”闺蜜的惊讶让我羞愧，我以为所有植物都必须每日浇水，却不知浇水过多就和缺水一样，也会对植物造成伤害。给植物适量浇水，就好比让其健康饮食一样，凡事要适度，否则适得其反。

很多时候，我们会因为得到某种物品而欢喜不已，继而精心照料，全心付出，却往往忽略了这些有生命的物品本身的承受力。

生活中亦是如此，刻意的恩宠反而不利于成长。万物自有自己的生长规律，加诸了情感色彩的刻意，反而不能承受原本的那份轻与重。

“爱情小镇”奥比多斯

文 / 晓晓蕾

我告诉你，爱神是万物的第二个太阳，他照到哪里，哪里就会春意盎然。

——查普曼

在葡萄牙首都里斯本以北 80 公里，有一座非常普通的小镇。斑驳的墙面、破旧的木制阳台、古色古香的教堂、红瓦白墙的一侧甚至没有栏杆，让人走在上面惴惴不安。然而就是这样一座破旧而不起眼的小镇，却吸引了成千上万的年轻人慕名而来，只为感受一份永恒的爱情。

这座小镇就是闻名于世的“爱神之都”，被列为世界十大“婚礼之城”之一的小镇奥比多斯。

奥比多斯小镇是个城堡小镇，公元前 308 年就已经存在，如此古旧的小镇为何被赋予“爱神之都”的美名，这还得从这座小镇的“情史”说起。相传在当年，有一天年轻的葡萄牙王子阿方索二世出游时，在奥比多斯小镇的波尔塔门邂逅了美丽的卡斯蒂利亚公主，并对她一见倾心，暗生情愫，回宫后他恋恋不忘公主那双迷人的大眼，那一低头的温柔浅笑。他一次又一次在小镇的波尔塔门前和公主相约，倾心相恋并成婚。在阿方索二世继任王位后，依旧深爱着王后卡斯蒂利亚，俩人形影不离，恩爱如初。

在公元1210年，为了表达自己的爱意，阿方索二世将奥比多斯小镇作为礼物送给了心爱的王后。他们的爱情感动了许多人，从此以后，历代的葡萄牙国王都仿效阿方索二世，将奥比多斯小镇作为结婚礼物送给自己的王后，“婚姻之城”由此得名。

以爱的名义让爱永恒，很快，这座小镇吸引了万千情侣纷纷前来，只为在爱情之都找寻“永世之爱”。无论世事如何变迁，奥比多斯小镇风貌依旧，象征着永恒爱情的那扇波尔塔门，仍是沿袭中世纪的风格；那道抵挡异族入侵的坚固城墙，已经变成一道摧毁所有干扰爱情因素的“城墙”。

无数对相爱的人们从五湖四海来到这座小镇结婚，希望能像当年的国王和王后一样，获得永恒的爱情。一个个披着洁白婚纱的美丽新娘微笑地挽着新郎的手，携手穿过波尔塔门，走进了永恒的幸福国度。有趣的是，当年阿方索二世国王和王后曾经居住过的行宫，也被改造成了新人度蜜月的宾馆，新人们在这爱情的童话王国里，享受着属于他们的美好爱情。

行走在奥比多斯小镇古朴的青石板上，穿过窄窄的小巷，爱情之都处处弥漫着爱的气息。人们说，只有在奥比多斯才能买到永恒的爱情。在小镇上，随处可见“爱情店铺”，而被出售的“爱情”，便是那些象征着爱情的纪念品。

大街上到处都是身穿情侣衫，头戴情侣帽，身背情侣包的情侣，手上各自拿着“半块面包状”的杯子，这是爱情之都特有的爱情纪念品。将两人的“半块面包状”的杯子轻轻一触，就是一个完美的杯子。它象征着相爱的两人必须一辈子贴心相守，才会有完美的爱情。

当然，爱情之都也不会忘记单身一族。奥比多斯小镇每年举办一次巧克力节，单身男女可以用象征甜蜜爱情的巧克力做出心仪的另一半的造型，他们品尝着香甜的巧克力，期盼来年能找到甜美而永恒的爱情。

爱情之都，处处都有爱的痕迹，这是世界上最美的爱的风景。奥比多斯，这座古朴而美丽的小镇，用爱吸引了全世界的目光，也让其成为全世界最美的爱情小镇。

盛放在采石场的花园

▶ 文 / 晓晓蕾

最有希望的成功者并不是才干出众的人，而是那些最善于利用每一时机去发掘和开拓的人。

——苏格拉底

在加拿大维多利亚市区北部，有一座全球闻名的花园。这里四季繁花似锦，美不胜收，远远望去就像一座美丽的花岛。殊不知，这座世界上最美的花园，却是由一个采石场演变而来。

它就是拥有百年历史的世界第二大花园，加拿大著名的布查特花园。

1888 年，23 岁的布查特创办了波特兰水泥厂。4 年后，他以生意人特有的敏锐目光发现西海岸具有丰富的石灰矿床，极具投资价值，遂将生意移至维多利亚。在这里，他邂逅了美丽的珍妮小姐，俩人倾心相爱并结婚。

珍妮勤劳善良，将家布置得干净整洁，井井有条。可随着丈夫的生意做得风生水起，她却变得不开心起来。她喜欢坐在窗前看远处的青山绿水，可如今眼前的景象却令她不忍目睹：采石场开采后留下很多巨穴，四周的岩壁凹陷光秃，毫无美感；那些散乱废弃的岩石块、坑坑洼洼的死水滩，让一向爱美的珍妮郁闷不已。面对废弃无用的采石场，她不知如何才能改变它。

一天，珍妮到乡下好友凯丝家散心游玩。她很喜欢那里清新的空气，看着院里盛开的鲜花，她忍不住摘下亲吻，羡慕凯丝有这样一个美丽的居住环境。

蓦的，珍妮想起了那片荒凉的采石场，灵机一动：我为什么不试着种些花呢？于是，她满怀希望地向好友要了玫瑰和一些不知花名的种子，试种在自家庭院里。当院子里一朵朵鲜花盛开时，珍妮的脸上泛起了灿烂的笑容，她开始实施将废弃的采石场建成一座美丽花园的计划。

可是面对满目狼藉的废弃采石场，该如何进行改造，珍妮费尽了心思。最糟糕的是那些开采爆炸后留下的一个个巨穴，要想平整需要从远处运土来填，既耗工又费时。那段时间，她不停地到各地勘察，随后获取来的信息令她脑洞大开，她决定将一个个巨穴各自为园，独立存在，然后以其为中心向外拓展，然后连接成片。

在改造之前，珍妮不忘用相机拍下了采石场的模样，还将部分采石工具保留下来留作纪念，而日后这些早已被附上苔藓的采石工具，也因为周遭的红花绿叶而变得生机勃勃。那些废弃的矿石，小块的被巧妙地堆砌成小道边上的花圃墙，大块的则修整成矩形石块做成了拱门，如此独具匠心搭建，也让这个花园有了独特的味道。

改造后的花园占地 22 公顷，分为四个主题花园：曲径通幽的“新境花园”；浪漫四溢的“意大利式花园”；美轮美奂的“日式花园”；还有锦绣天成的“玫瑰园”。远远望去，园里的花坛都像是精心装饰过的花束，每朵花的边上都配上了相应的颜色，比如白色的小雏菊有镶着白边的叶子陪衬，郁金香的边上有蓝色的小花相伴……如此美丽，让人心醉。更为关键的是，园里的花材不时更替，让花园有了奇妙的变幻。

在浪漫的春天，竞相开放的杜鹃、水仙和郁金香恭候您的光临；浓情的夏季，玫瑰园里 250 种玫瑰带给您诱人的花香；那醉人的秋天，会让你留恋日本园中满目的红褐色和金黄色；还有冬日迎雪绽放的金缕梅……就连垃圾桶上也缀满了可爱的小花，让你不由感叹“采石场也有春天”。

如果说维多利亚是座花园城市，那么布查特花园就是对她最好的诠释。从曾经废弃的采石场到如今美轮美奂的心灵憩园，布查特花园以其独特的美丽吸引了全世界的目光，也让其成为全世界最美的花园之一。

打开心窗

▶ 文 / 王花梅

眼前多少困难事，自古男儿多自强。

——李咸用

正在上班，同事小刘跑进办公室说："不好了，杨洋的眼睛被铝汁烫到了！"小刘是个严肃的人，从不随便开玩笑，我立即拨打了120，然后飞奔向铝轧车间。那可是400多度的高温啊，我们虽然及时把杨洋送到了医院，但医生还是说：没救了，两只眼睛都失明了。

一个三十几岁的人，忽然看不到了眼前的世界，这是一件多么痛心的事情啊！

我们几个要好的同事相约去看他，他安静地坐在病床上，蒙着纱布的眼睛望向窗外。听到我们说话的声音，他的嘴角上扬起美丽的弧线。

"你们怎么又来了啊？会影响工作的。怕我想不开吗？不会的，我不会做傻事的。你们看窗外：柳树枝上鼓起了小小的芽孢，小草已经半绿了，小河动情地在唱着春天的歌谣，咱们去年一起植下的那棵玉兰都长出花苞了，再过几天就要开了，春天来了……”一缕温煦的阳光照在他平静的脸上。

“杨洋，看到你这样的状态，我们大家都替你高兴。”

“为什么不高兴呢？至少我看到过这个世界的五彩斑斓，比起那些天生失明的人，我是幸运的。因为我的心里有一扇通向春天的窗户，只要我打开，眼前随时都是一片大好的春光，这一点，可是你们不能体会的哦！”他嘴角上扬的弧线是那样的美丽。

曾经碰到过一个朋友，每天都对我抱怨生活的不公平。我天天劝解她要好好感受生活的美好，但她都听不到心里去。后来渐渐郁闷无语，直至患上了可怕的抑郁症，最后离家出走，不知所终。

走出医院，心情敞亮极了，因为我的心里装下了一个春天：轻轻柔柔的风、碧绿的田野，各色的花草竞相绽放；小溪里，鸭妈妈带领着鸭宝宝快乐地嬉戏……

那些觉得生活黯淡的人，想必他们的生活中也是有春光的，只是因为他们黯淡的心境，把朝向春光的那扇窗户关上了。

画由心生

▶ 文／风絮

如果你歌颂美，即使你处在沙漠的中心，也会有听众。

——哈·纪伯伦

美丽的地中海，深蓝的海水涌着白色的浪花，轻声歌唱。不远处，一座座房屋错落有致，橙色的屋顶、白漆刷成的墙面，在晴朗阳光的沐浴下，闪着温暖的光泽。这是西班牙北部的卡达凯斯小镇。

他一只手握着画笔，一只手在画布上一点一点摸索着，确定好一个点，就用油彩做出标记，然后继续摸索……他叫萨根·曼，是一名画家。35 岁那年，视力越来越不好，医生建议他做了白内障摘除手术。6 年后，他的双眼视网膜相继脱落，不得不再次到医院接受手术。后来，他又经历了数次眼部手术，甚至连大部分虹膜都被切除了。

1989 年，萨根被眼科医生确定为“盲人”，此时，他的左眼还残存着一点点视力。他恳求医生帮帮他，医生给了他一个 8 倍的单眼放大镜，这

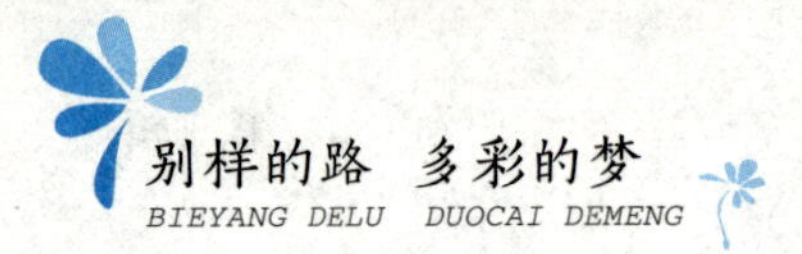

让他十分欢喜。他用这个放大镜观察物体，之后再把它们画下来。

2005年，萨根的左眼也看不见东西了，世界的最后一丝光亮在他眼前消失了，他的心情非常失落。一连好几天，他在工作室里，连画笔都没碰过，只是来来回回地走着，他不知道除了画画，他还能做些什么。他想：自己已是一个全盲的人，如果不能画画了，和废人又有什么区别呢？他焦躁、不安、忧郁、纠结、煎熬。

一天，他独自慢慢在附近的公园里散步，“小心！低头，这棵树树枝很低。”听到有人提醒，他习惯性地一低头，果然，树枝没有碰到他，这让他有所触动。按照记忆里的路线图摸索前行，他居然顺利地找到了可以休息的长椅。坐在长椅上，他觉得自己还能画画，他还能感知，所以那些美丽的景色不会随着他的失明而消失殆尽。

他和儿子来到卡达凯斯山水城，听着轻柔的海浪声，吹着温润的海风，忽然，小镇的一切涌入萨根的脑海。他拿起画笔，在记忆里搜索小镇美丽的风景，在脑海里搭配色彩，再呈现到画布上。人们看着画布上的旖旎小镇，不是亲眼所见，谁都不相信这是一位全盲的人画出来的。

他说：“尽管我已经双眼全盲，但我要画画的梦想，让我能够精确地感知一切。在失明的情况下能继续画画，这是多么让人兴奋、激动的事儿，这是我无论如何也没有想到的事儿。”

双目失明十年，他从没放弃过热爱的绘画。不管有多艰难，他从未放下过手中的画笔。萨根失明后画的画，新奇而与众不同，常带给人眼前一亮的惊喜，因此受到了人们的广泛喜爱，并被争相收藏。他的绘画事业取得了前所未有的辉煌成果。

人生途经岁月风霜，永远不要向命运低头，经不起磨难和砥砺，没有自我超越的心境，就不会在生命的画布上绘出令人刮目相看的绝伦美图。

不要让落寞埋葬希望，等你走过一路峰峦，你会发现，只有那些在遭受风雨凄迷后，依然坚守自己的理想和信念，并在任何艰巨的考验和挑战面前都永不妥协的人，才能最终成为生命之原上一道亭然、美曼的风景！如同萨根一样，在黑暗的世界里，用热爱和坚持绘出自己无与伦比的美丽人生。

相由心生，幸福由心生，画亦由心生。

用云朵织成的蓝围巾

▶ 文 / 风絮

善良的、忠心的、心里充满着爱的人不断地给人间带来幸福。

——马克·吐温

坐在窗前，他抬头望着天上的云，一团一团，像洁白的棉花。他忽然想：用云朵一样的棉花织成的围巾一定很暖和。他想象着她围上围巾时温暖又幸福的样子，禁不住笑了。

他在网上发了一个帖子，寻求可以帮他织围巾的人。一直没有人回应，他有些着急了，因为她的生日越来越近。

一个星期后，有人回了他的帖子：织什么样的围巾呢？他赶紧把自己的想法说了出来。那人又发帖说：围巾送给谁呢？他对发帖人说“我们私聊吧。”

一番交谈后，回帖人欣然答应帮他织围巾，而且一分报酬也不要，他非常感动，他觉得胸膛温暖得就像覆盖着一团棉花。

11 年前，他还是个十三岁的少年，无忧无虑地汲取着世间温情的露，浑然不知病魔已悄悄向他靠近。那是个初冬的上午，天气透着清寒。正在学校上课，他突然感觉全身失去知觉，浑身好像触电般麻木，一碰就钻心地疼。接到消息匆忙赶来的父亲赶紧把他送到了医院，经过一系列检查和专家会诊，他被确诊患上了颈椎脊髓血管瘤。血管瘤压迫到神经，导致脖子以下都没有了知觉。

突如其来的变故、严酷的病情，让小小年纪的他感到了绝望，也让父亲茫然不知所措。父子俩对望着，都强忍着不让眼泪流下来。她匆匆来到医院，对愁容满面的父子俩说："不管再苦再难，都要把孩子的病治好。"她的态度是那样坚决。

治病需要钱，他的父亲去打工，而她独自一人承担起了带着他辗转到各地治病的重担。

经过一场脊椎减压手术后，他的双手和胸部慢慢有了知觉，这让她欣喜万分。她不停地为他按摩，日夜陪在他的病床前，实在困极了就在医院走廊的长条椅上眯一小会儿。

听说省城有一位中医针灸技术高超，或许能治好他的病，她立马花了 80 元钱买来一辆旧三轮车推着他去治疗。省城处处高楼林立，道路纵横交错，不认识路的她手持一张地图，漫无目的地推着他走在街上。

一个下坡，疲惫不堪的她双手紧紧拉住三轮车，但他的体重超她很多，三轮车飞速下滑到平路翻倒了。她用尽浑身力气扶他起来，心疼地抚摸着他被擦破的手说："我真是太没用了。"他拂去她脸上的泪水："是我拖累你了。"两个人抱头痛哭，而后擦干眼泪，继续向前走。

不到 10 里路，三轮车连续翻了两次，走了整整一个上午，终于找到了那个知名的专家。专家诊断过后，含蓄地对她说："要康复的希望几乎为零。"她听了，眼泪瞬间决堤，即使这样，她也丝毫没有放弃他的念头。她对他说："只要今天比昨天好，哪怕是好一点点，就有希望。"

2007年，她发现自己怀孕了，她没有放在心上，只要听说哪里能够治好他的病，就毫不犹豫地推他出门。过度的劳累，加上营养不良，导致她的孩子流产了。他知道后，用手捶打着自己，他恨自己把她害得这样苦。

在她的精心照料下，他的身体渐渐好转，2010年，他自己能够从床上坐起来，随后竟然奇迹般的能够拄着拐杖在她的搀扶下慢慢挪动了。望着她憔悴的面容，他想："我现在身体好转了，不能再让她那样辛苦。"但他只有右手两根手指能正常活动，思来想去，他想到了上网做网购客服。得知他的想法后，她很支持他，爽快地向亲戚借钱为他购买了电脑。

一个月后，老板给他发了工资，300元钱，虽然不多，但这是他完全凭着自己的能力挣来的，他非常高兴。

十多年来，她一直为他付出和操劳，他想用自己挣来的第一笔钱为她买份小礼物以表达一份当儿子的孝心。三岁时亲妈去世，作为继母的她对他那样好，亲妈在也不过如此。

蓝围巾寄来了，天空一样的蓝色，长长的绒毛密密地连接在一起，像一团蓝色的云，手指轻触，就能感受到它的煦暖。

她围着蓝围巾，温暖瞬时融化了所有的辛酸。11年，4009天，她将母爱毫不保留地给了与自己毫无血缘关系的儿子，没有一句怨言，像一条围巾，为儿子驱赶寒意。

现在他能够自食其力了，他找老板预支了一些钱，他说："妈妈，你不是说想去看看大海吗？你生日那天，我们一家人一起去看海，好不好？"

她点头同意。

蔚蓝的大海边，海风吹拂着她的蓝围巾，快乐和幸福似浪花，在他们的心底轻轻翻涌。

继母的爱似白云，化成雨，润泽儿子苦难的生命，让他枯木般的人生逢遇春天；继母的爱似大海，博大到可以消融任何苦难。

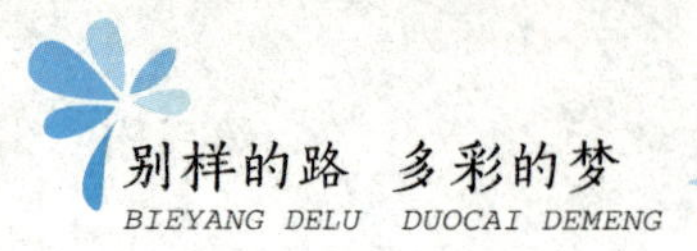

泪花

▶ 文 / 戴华娥

善良与品德兼备，犹如宝石之于金属，两者互为衬托，益增光彩。

—— 萧伯纳

放假后我没有回家，我讨厌那个家，那个家里没有爸爸妈妈，只有一个年迈的爷爷。花光了所有的钱，我也不想回家，我饿得厉害，我已经三天没吃饭了。看着街边小吃摊上的人吃得满嘴流油，我使劲咽着口中的唾沫。

第四天，我再也受不了饥饿的折磨，走在街上，我东张西望，希望天上掉下个馅饼来。真是天助我也，在一个行人不多的小巷里，我捡到了一个蓝色的钱包。还没来得打开看，迎面走来一个老太太，眼睛左看右看，看到我问："你见到一个蓝色的钱包吗？"我违心地说："没有"。

等她走远，看不到了身影，我才拉开钱包一层一层翻找，只有几十块钱，虽然有点少，但足以让我吃几顿饱饭了！

找一个僻静的小饭店我走了进去，一个和我差不多年纪的小姑娘见我进来，忙过来招呼："小哥哥，你要吃饭吗？"

我应了一声，要了一盘最爱吃的清炒土豆丝，因为模糊记忆中的妈妈清炒的土豆丝是那么那么香。

我三口两口就把那盘土豆丝吃完了，小姑娘又给我端来一碗面条，说这碗面条是免费送的，不要钱，我迟疑了一会儿，还是吃掉了面条。

我拖着涨鼓鼓的肚子要离开的时候，小姑娘说，欢迎你下次再来吃饭，我家饭店位置偏，你以后一定要常来照顾生意。我笑了，心里充满了被人需要的满足和虚荣。

一连几天，我都去小店里吃饭，依旧是一盘清炒土豆丝，一碗免费的面条。

那天，我去店里吃饭，这是我最后一次来店里吃饭了，因为我又没钱了。那个小姑娘坐到我对面说："小哥哥，咱们聊聊好吗？"我点点头。

小姑娘说她与奶奶相依为命，奶奶不是她的亲奶奶，但对她特别好。

我不由地也说起了自己的身世。我出生在一个贫穷的小山村，爸爸去世后，妈妈就离家出走了，那一年我才7岁。爷爷又当爹又当妈，拉扯我长大，我今年13岁了，我不想再拖累爷爷了。我对小姑娘说："以后我不再来吃饭了，我要去闯荡江湖了。"

"不行，你看我们这个小店顾客这么少，你答应我要常来照顾生意的。"还真是，每次我来吃饭，只碰到三两个客人。

"可是……我实话告诉你，我没有钱了。"我脸红红的，不敢看小姑娘的脸。

"没事，奶奶说了，不收你的钱，免费供你吃饭。"

“奶奶?”

“嗯，奶奶出去了，一会儿就回来。”小姑娘正说着，从门外走进来一位老太太，我一下子惊呆了！正是那个丢钱包的人。

我走也不是，不走也不是，心跳加速，眼神慌乱，只好故作镇定地望着别处。

“小陶是吧?”奶奶一下子就叫出了我的名字，我十分惊奇地看着眼前这位慈眉善目的老人。

“乔老师是你的班主任是吧?我是她的妈妈，你这小子，可把我女儿气得够呛。我女儿每天放学后都对我说你的‘英雄事迹’，她表面上很生气，但我知道她在心里有多爱你们这些孩子，特别是你。这不，听说你放假没有回家，她很担心你，特意找了学校给你留着门。她本来想把你接到家里来，可前几天她生病住院了，这不，特意叮嘱我照顾你……”我听着听着，眼里溢满了泪花。

“奶奶，对不起，您那个蓝色的钱包是我捡到了，我当时因为太饿了，所以才没有把钱包还给您，您能原谅我吗?”我如果再不说出实话，我想我一辈子都不会原谅自己。

“孩子，我早就原谅你了。那天我在那个小巷来回找了好几趟都没找到钱包，我估计多半是你捡到了，因为钱包没丢几分钟我就发觉了，而且短时间内经过那条街的人除了你我，没有其他人。我听街边的人说你是附近学校的学生，回家我就把你的样子告诉了我女儿，女儿拿出你们班的照片，我一眼就认出了你。她说你虽然调皮，但本质不坏，即使真的是你捡了钱包不还也一定是别有原因，要我一定原谅你。正巧你来吃饭，我就躲到后厨，我害怕你见到我会逃到别处去……”我一下子扑进奶奶的怀里，哭得稀里哗啦。

“小哥哥，你看看，你的眼泪都开花了！”小姑娘指着奶奶衣服上那片被我的眼泪洇湿的地方说。

我流着泪笑了，是啊，泪花也是花，从此以后，我的前方将没有冬天，因为我的身边有那么多温暖如春的身影。

今晚我睡上铺

文/心是莲花开

对好人行善，会使他变得更好；对恶人行善，他就会变得更恶。

——米开朗琪罗

这是一间窄小的屋子，光线昏暗，墙壁上贴着泛黄的旧报纸，让人感觉压抑。可是有什么办法呢？他还没有找到工作，只好找一个房租最便宜的，暂且寄身。

房东临走的时候说：这是一间可以住两人的房子，因为床是双层的，会随时安排别的房客进来住。他无奈地摇摇头，心里说：这么小的房子如果住两个人还有放脚的地方吗？

他选择住在上铺，因为躺在下铺总能闻到一股发霉的味道。简单整理好行李，简单吃过晚饭，他躺在床上，望着天花板发呆。天花板很低，伸出手臂就能摸到。天花板有的地方黑黑的，有的地方暗黄色，看着脏脏的，让他想起自家低矮的草房，也是这样布满了岁月的尘埃。他深深地叹了一口气，闭上眼睛，旅途的颠簸和疲累让他很快进入了梦乡。

被一阵敲门声惊醒时，窗外已是天光大亮。开门，是房东，还有一个大男孩，看上去比他年轻几岁的样子。

他和男孩共同住在了这间蜗居里。

他对男孩说："这间屋子这么小，房东还租给我们两个人，真是钻到钱眼儿里了。"男孩笑笑："生意人嘛，可以理解。"

男孩是才毕业的大学生，也是来自农村，也是暂时没有找到工作。

每天早晨，他们从小屋出发，奔向不同的方向去找工作。晚上吃过饭，没有电视可看，他就爬上上铺，对着低低的天花板发呆或是唉声叹气。

一个星期后，男孩找到了一份推销员的工作，他更加郁闷了。可是自己没有高学历，而且身体还承受不来重体力的活，从家里带来的钱也快花光了，该何去何从呢？他感觉一片茫然。

那天男孩下班回来，买了一些酒菜，说向老板预支了一些钱，在他没有找到工作之前，不用担心生活问题，找到工作了回请就是。吃过饭，男孩对他说："今晚我睡上铺可以吗？"他答应了。

第二天起床，男孩去上班，他爬上上铺，收拾行李，他准备回家了。他觉得自己好没用，不能以己之力回报父母也就罢了，现在还要拖累毫不相干的室友，他于心何忍呢？

就要离开了，心里竟有留恋和不舍。躺下来，望向天花板的那一刻，他惊呆了：脏兮兮的天花板不见了！蓝天白云旁，有几只鸟儿在嬉戏；青山绿水间，几座房舍若隐若现。多么美的一幅风景画啊！躺在铺上，他再也不感觉压抑，眼前的世界一下了变得高远、空阔，优美的风景让他觉得心情豁然开朗。

他一骨碌从床上爬起来，决定继续出去找工作。而结果，还是一样让他失望落寞。晚上，男孩对他说："虽然我们不能拥有一整片天空去驰骋翱翔，但总有一片天花板是属于我们自己的，属于自己的天花板是怎样的风景，就要看自己的心境了。心怀清明，自有风光万里。我觉得你应该带着一份明媚的心情出去找工作，想想，谁愿意与一个愁眉不展的人共事呢？你说是不是？"

原来男孩看他郁郁寡欢的样子，听着他故意压低的叹息声，决定帮他抖擞起精神来。于是买了颜料，与他换铺睡，趁他睡着，悄悄开了灯，在天花板上画下了一幅景色秀丽的山水画。

他带着满身阳光、满脸笑意出门，发觉每个人都在对他微笑，喧嚣的市声也变成了动听的音乐，风吹树叶沙沙响，是多么优美的歌声。第一次，他发现这陌生的城市竟然是如此温暖而美好。他在一家饭店找到了一份帮厨的工作，开第一个月的工资时，他请男孩去了自己工作的饭店吃饭，并亲自做了拿手的菜招待他。

多年后，那座矮小的房子早已换成了气派的高楼。他已在城市娶妻安家，天花板洁净明亮。但他永远忘不了那画满蓝天白云、青山绿水的小小天花板，那是他今生最明媚的晴空。

一念之差

文 / 心是莲花开

对于我来说，生命的意义在于设身处地替人着想，忧他人之忧，乐他人之乐。

——爱因斯坦

她提着一篮子菜上楼，红的西红柿、绿的青豆角、嫩嫩的韭黄，还有一只大公鸡，都是儿子喜欢吃的。今天儿子要回来了，她的脸上满是欢喜。

哼着小曲儿在厨房叮叮当当备菜，听到有人敲门，她看看表，自言自语：提前了二十分钟啊。然后僵住笑容，打开门没往外看，回首拿起抹布擦桌子。她多天前就想好了：儿子回来，一定不给他好脸色看。

桌子擦完，还没听到关门声和那声盼了好久的“妈”。她禁不住回转身看，呀！她差点叫出声来，身后站着一个蒙面男子，黑丝袜状的头套套住了脸，戴着一顶长舌帽，手里拿着一把尖刀，寒光闪闪。

“抢劫，快把钱拿出来！”男子的声音低沉，带有几分威胁。

“我……我一个老太太，哪有钱……”她望着蒙面男子，忽然心头一疼：高高瘦瘦，虽然蒙着脸，但她看得出这还是个少年，不超过18岁，多像少年时的儿子啊。

十多年前，一天她下班回家打开门，一下看到一个蒙面人，吓得她转身就逃。蒙面人喊她：“妈！妈！”原来是儿子把她的丝袜套在了脸上，儿子说这叫“演习”，想看看自己蒙面了，妈妈是不是还认识他。她当即戳了儿子脑门一指头：“都吓死我了，我哪还顾得上细看是谁啊！”

后来，儿子渐渐夜不归宿，逃学打架。她那时忙啊，没时间和儿子沟通。儿子18岁时，因为抢劫伤人进了监狱，刑期十多年。

十多年，每一天她都在挂念儿子，挂念得月亮瘦了，日子瘦了，她的身体也瘦了，头发白了，皱纹早早地爬满了脸。

“老太太，我再说一遍，快点拿钱，要不然……”蒙面人把刀贴近她的脸，翻转着。

“我，你容我想想……”她望着门口，多希望有人经过啊，可是不可能，她家住在顶楼，对门邻居去儿子家看孙子，好久没回来过了。

楼道里响起脚步声，是儿子回来了！她有一种强烈的预感，这一定是儿子的脚步声，她觉得母亲都有这个特异功能。寂静的楼道，脚步声越来越近，一声声踏在她的心上。

她有些紧张，欲动又止。

“老实点儿！”蒙面人又朝她晃了晃手中的刀。

“我儿子回来了，你看这样行不行……”她的眼神是那么温柔，她向他商量。

儿子的脚步声近了，隔着门就开始喊：“妈！”她赶忙应答着，走向门口。儿子紧跑几步，一下拥抱住悲喜交加的她。

“这位是？”儿子看到了蒙面人——他刚收起手中的刀，正在摘帽子和头套。

“附近学校组织演习呢，让大家伙儿学习怎样应对突发事件。”她望着那个蒙面人，露出真面目的蒙面人，真的是一个青涩的少年。

“我的演练完成了，我走了，谢谢阿姨。”少年有些慌乱，帽子掉在了地上，他赶忙捡起来，下了楼。

儿子仿佛明白了什么，他走出房门，对着楼道喊：“小兄弟，好好活，别让你妈妈牵挂操心！”少年停了一下，轻轻“嗯”了一声，心头一热，他有一年没有回家看妈妈了。妈妈一定着急了，他决定马上回家。

儿子对她说：“希望妈妈的宽容和善良能让他悔悟，不要走上我的老路，一念之差，造成一辈子的悔恨。”她望着儿子，十分欣慰，儿子还保留着善良的本性。

两年后的秋天，有人敲门，她打开却不见人，门口有一封信，展开：谢谢阿姨和哥哥，我现在是一名合格的士兵了，谢谢两年前的那场“演习”，让我从歪道上转了回来。落款是一个大大的笑脸。

她笑了，笑得满眼泪花。

花心的水瓶座

▶ 文 / 谢素军

没有爱情的人生是什么？是没有黎明的长夜！

——彭斯

水瓶座的人很花心，这是那天逛街时，好友瑞丝随口说的，但言者无心听者有意，匆匆忙忙地回去上网一查，发现还真有这么一种说法。星座谱系上描述得真真切切，就连其很受处女座喜欢也写得丝毫不差，看到这里，我的心便像被什么猛地叮了一下般疼痛。

环顾贴在墙上杰森的相片，那一张张微笑的脸越看越像一朵朵花，似乎完全无视我的存在，正四处招惹着蝴蝶。我一下子便火了，使劲把它们扯下来，然后在手里撕得粉碎。杰森这个混蛋，当初自己怎么就会喜欢他呢？竟然还情意绵绵地主动向他表白，自己到底是吃错什么药了，搞得今天第一次来他家，不听我讲星座的事情就算了，竟还半夜三更地抛下我一个女孩子不管。

唯一的解释便是命，自己是处女座，杰森是水瓶座，痴心女孩遇上花心萝卜能不吃亏吗？可是，我并不愿意就此屈服，星座谱系上不是说了水瓶座的弱点吗？只要把老太婆（杰森的母亲）搞定，水瓶座的大孝子还不是乖乖听我的？想到这里，我便悄悄地打开卧室，准备把杰森的罪行好好在他母亲面前罗列一下。

客厅没人，我便悄悄走到偏卧，果然，里面还亮着灯，我便清了清嗓子，正准备敲门，却突然听到里面有说话声。这是怎么回事，我忍不住将耳朵贴在门上，里面是老太婆的声音，但说话的内容却让我大吃一惊。

"亲爱的，你是我的唯一，你不是答应我再去看一次《泰坦尼克号》吗？去嘛，人家要去嘛！"

老婆子一大把年纪了竟撒娇，我强忍住笑，只听里面越说越有激情："亲爱的，你真坏，放开人家嘛，不是说好只拉手的吗，怎么亲人家了！"

站在门外的我听得一身鸡皮疙瘩，看来老婆子不简单，八成是在哪招了个情人，果真是有其母必有其子。我极其鄙视地唾了一口，再也没了告状的心思。

我正准备回房睡觉，门外却突然传来开锁声，接着一个人影蹑手蹑脚地往里走，那正是杰森。他终于偷腥回来了，我正一肚子火没地方发泄，便气冲冲地站在卧室门口。但是，我的火还没来得及发就消失得无影无踪，因为杰森把手里的袋子甩了甩，轻轻地说："亲爱的，我知道你只用复眼界（一种卫生巾牌子），超市都关门了，转了一晚上才找到。"

和杰森静静地躺在一起，我忍不住提起水瓶座的事情，当然，之前的猜疑全都烟消云散，我只是表达了自己对星座的怀疑。杰森听了忍不住又把我搂在怀里，在我耳边说："水瓶座是最忠诚的星座，我妈也是。"

我不懂什么意思，杰森犹豫了一下，才告诉我："亲爱的，你知道吗？

医生说爸爸虽然成了植物人，但只要每隔两小时和他说说话，说不定还可以恢复过来。”

所以老太婆，不，妈妈才会半夜爬起来对身边的丈夫说上那么一段莫名其妙的话。我的眼泪一下子泉涌而出，止都止不住，杰森焦急地问我怎么了，看着他自责的样子，我强自露出一丝微笑，只吐出四个字：我好幸福。

信封比信重要

文 / 谢素军

父爱是一座山峰，让你的身心即使承受风霜雨雪也沉着坚定。

——佚名

我敢打赌，这个世界之所以会有信这个东西，是因为人类对爱的追求。在萨蒂亚教堂做弥撒的时候，我更坚信了这一点，因为，我决定写一封情书，给我身边的那个女孩。

因为一见钟情，所以要写一封信，即便我还不知道那个女孩的名字。当晚回到宿舍，我便借着窗外微弱的灯光，在教堂的钟声敲到第十二声时，完成了我的处女作。

信的内容看起来可能很简单，但却包含了我的真爱，我说，很庆幸，在主的指引下，让我来到这个世界，并和你相遇，尽管我们同处一片屋檐下，可惜你不认识我，我也不了解你。但主知道，我爱你，我对你的爱，是无所顾忌的爱。不管在过去、现在或将来，你对我是何样一种态度，都没关系，当这封信寄出去时，已证明我的誓言和态度。

最后，我还极其动情地加上了一句，如果你愿意，我希望这个周末能看到你，和你在一起，不管做什么，都是一种幸福。

信写好了，我兴奋地在床上翻来覆去，想着女孩看到情书的样子，那该是多么美妙的时刻。然而，我的情书还没来得及发出去，便已挫败。

当我第二天醒来的时候，负责宿舍检查的伊娃女士已经站在我的窗前，手里拿着我的杰作，极其愤怒地吼着，要我马上滚到她的办公室去。

我所在的学校是一座天主教学校，学校规定，所有学生不得谈恋爱，而我的那封情书，对于那群修女来说，简直就是侮辱，“昨晚刚刚做了弥撒，今天一大早便出炉了这么一封赤裸裸的情书，你怎么解释？”

我没办法解释，只是在想，从今往后，我是否还有机会见到自己心仪的那个女孩，她们一定会用各种办法让我的爱情死亡，甚至，还会有更卑劣的行径。

我猜得没错，那个最老的修女，她竟然，拿着一个学校的信封，工工整整地写下我的家庭地址，梅根——福克斯先生收。然后将我的信塞了进去，他们要把我的信寄给我的父亲，简直就是无耻。

但是，我又有什么办法呢？我只能在紧张与无助中等待着噩耗降临要知道，我的父亲是一个出了名的家庭暴力狂，还因为吸毒在监狱里呆了三年，他拿到那封信后，一定会疯了一样将我打瘫。可是，我又不能逃，而且，我也没地方可逃。

那几天，我觉得每一分每一秒都是一种煎熬，所有关于对那个女孩的爱也烟消云散，我的爱是脆弱的。直到周末那天早晨，我才彻底解脱。

父亲直接推开宿舍的门，拉着我便往外走，很急的样子。我知道，他肯定在忍着，他要把我带到一个僻静的地方再狠狠地揍我，但我并没有反抗。

不过，意外的是，父亲带我去的地方并不像以往那样在废弃工厂旁边、小巷子里面或者公厕后面，他竟然把我带到一家麦当劳。然后，坐在我面前，握住我的手说，儿子，谢谢你，你能够原谅爸爸，让爸爸无地自容。从今以后，我保证再也不会打你，更不会去吸毒，我要重新做一个好父亲。

父亲肯定是读了我的那封情书，他竟然真以为是我写给他的信，而且，还被我的情书深深打动。可是，我又怎么解释呢？我只能拿着汉堡，一个劲地点头，然后，目送父亲离开。

在后来的日子里，父亲的确变了，他靠着自己的努力创立了自己的建筑公司，而那封我写的情书，他一直藏在身上，作为奋斗的座右铭。我也再没想过要解释当初的种种缘由，更不会去要回那封信，即便要，父亲也不愿意给。

我只想感谢那个修女教师，是她成全了这段真爱，还要感谢那个女孩，没有她的存在，一切的爱便只是空谈。或许，我更要感谢我的主，阿门。

大哥的指纹

▶ 文 / 十九恨

善良的行为有一种好处，就是使人的灵魂变得高尚了，并且使它可以做出更美好的行为。

——卢梭

恩施大峡谷举行开工仪式的时候，大哥让我丢脸了，倒不是因为干修栈道这一行命贱，而是在分施工段的过程中，大哥明明排在前面，却偷偷佝偻着背跑到了最后，他胆子小，不敢做第一个修栈道的人。

要不是我第一次出门，要不是因为阿妈一再强调要听大哥的，我一定会冲向前去，拿下第一块牌子，我们苗族人从来就不是懦夫。可是，大哥瞪了我一眼，他手下的其他人也死死地拽着我，生怕我坏了他们的好事般。

当别的组在如火如荼地施工时，大哥的施工队却整天窝在一处平坦的帐篷里，还美名其曰养精蓄锐，他们真是一群怕死的人，简直不配做我们苗人。尤其是几个老板样子的人过来视察时，我分明看到他们的眼神里含着不满，透着轻蔑。

我甚至私下里去投靠了其他施工组，但人家看我还是个孩子，便一口拒绝了，说修栈道很危险，昨天刚有人掉下悬崖。

我们的施工队整整休息了一个多月，大概是实在没辙了，大哥才召集其他六个组员，假装豪气地说，怕死的还来得及。当然，没有人会在这种情况下退出。

虽然只有一百来米，但一大早走在光溜溜的铁杆上，我还是觉得心惊胆战，尤其是脚底下不断涌上一阵阵白雾，更让我有一种灵魂出窍的感觉。那些宣传口号纯粹是骗人的，这根本不是什么通向幸福的道路，越往前走，就越能闻到地狱的气息。

正当我茫然不知所措时，一声清脆的敲打声把我唤回了现实，大哥已经组织人在悬崖上凿洞，巨大的锤子高高举起，使整个身子向后倾斜，仿佛悬崖上斜刺出一尊雕像。那一刻，他大概已经忘记了生与死的概念，如西西弗斯般执着于属于自己的人生。

我们的施工段离露营地最远，所以，为了节省时间，也减少来去的危险，大家一早就备了干粮，中午不回去，也不休息，找个机会喝点水，便直接干到天黑。

但我对大哥的成见却并没有消除，他那佝偻着的背影一直在我的脑海里晃荡，与他拿起大锤的矫健体魄相交映，哪个才是我真正的大哥？直到几个月后完工的那天，我终于找到了答案。

那天，那个穿着西装的老板不顾身份地跑到大哥面前，当着众施工队大声说，阿江不愧是阿江，每次都挑离安全道最远的栈道施工。从那位老板的口中我才知道，大哥为了照顾其他年纪普遍偏大的施工队，每次都会

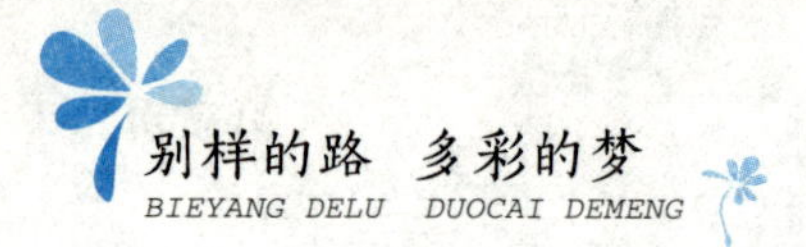

故意选最艰苦、最危险的栈段，那天他不是逃避责任，而是勇挑重担。

发了工钱，老板意犹未尽，他告诉我们，又接了江西上饶一段栈道，看大家愿不愿意继续干。有钱赚，谁又愿意放弃呢，大伙一窝蜂般涌了上去，原来，每次参加施工前，他们都会提前签协议，其实就是生死状。

真正感动我的时刻便在这里，当前面的组员都顺利地在那台机子上按下指纹时，大哥却怎么也不能认证成功，因为他十个手指头的指纹全都磨破了，连一条纹路都分不清。众人一阵哈哈大笑，最后大哥没办法，只好把鞋子脱掉，勉强才用脚趾头完成了他的身份验证。

大哥低着头回到人群，一句话也不说，拉着我便走，直到背后没了丝毫喧哗，他才深深地叹了口气，对我说，今天大哥让你丢脸了。我知道，他是说按指纹的事，可我又能说什么呢？只能强忍着泪水往一侧看，假装在寻找属于我们的那段栈道。

慢行十余步发现爱

文 / 十九根

大量善行可能是出于严厉，更多的是出于爱，但最多的还是出于清晰的了解和无偏见的公正。

——歌德

汉德森行成年礼那天，柏德丽夫人第一次流下了眼泪，这让一旁的邦德先生惊诧不已。汉德森到底又说了什么伤害自己母亲的话，他无法容忍在这样一个特殊的日子里还发生这样的事情。

当然，在发难之前，作为圣安德鲁中学的董事，邦德自然会思考许多问题，比如说，汉德森其实是非常可怜的，从出生那一刻便失去了母亲，直到六岁那年才有一位后妈。几乎所有师生都知晓，这位后妈对汉德森特别上心，因为在无数个日子里，大家都能看到，一位来自北卡罗来纳州的彪悍女人静静地守候在校门口，只因孤僻的汉德森第一次来到这所学校，她不放心而已。

可是，就是这么一位简直有点溺爱汉德森的后妈竟然出了车祸，和她的丈夫一起。那一年，汉德森十三岁，瞬间仿佛回到了冰河世纪，在医院里整整躺了半个月才“哇”的一声哭出来。

不过，当地政府很快又为汉德森安排了一位后妈，她就是伯德丽夫人，一位来自英国的贵族后裔。第一次与汉德森见面是在一家中国饭馆，汉德森毫不否认，他夹起一块厚厚的中国式肥肉，不是放在伯德丽夫人的盘里，而是直接往她的嘴里塞。他常常骄纵地对伙伴们说：“她的嘴被塞得很大很大，两条泛滥的口水直往下流。”

他用尽一切办法去嘲笑这位不速之客，当然，没有人知道他省略了一个细节。那天，伯德丽夫人确实被他弄得很狼狈，但在众多食客的围观下，这位贵夫人竟然硬是把那块肥肉吞进了肚子里，还说了一声，谢谢。

但这并没有改变汉德森丝毫，在往后的许多天、许多年，无论伯德丽夫人如何表现自己的真爱，汉德森硬是不屈服，不认同。他总是用尽一切办法去反抗，去告诉身边的人，他讨厌这个女人，她没有资格做自己的母亲。

可这到底是为什么呢？邦德先生也问过这样的问题，你的母亲到底哪点做得让你不满意，你又为什么要用那些极尽伤害的方式去解决一切与她相关的问题？汉德森没有作任何回答，这是他一贯的伎俩，仿佛这个世界于他而言毫无意义，所有人都欠他一样。

汉德森在这几年到底做过多少针对伯德丽夫人的举动，估计连他自己也记不清楚了，而身边的人也已渐渐习惯，不仅看汉德森有着异样的眼光，就连看到伯德丽夫人也躲得远远的，觉得这对母子都是那么特别。

只有邦德先生知道，自从汉德森来到他的学校之后，他逐渐发现，汉德森虽然偏激，但伯德丽夫人却是一位卓越的夫人，她的言语、一举一动都有着贵族的风范，而她对汉德森的照顾也有着十六世纪皇家生活的影子。

邦德先生判定，遇到伯德丽夫人是汉德森这一生不幸中的大幸。所以，他开始用心去引导这位叛逆的学生，哪怕很多次被挫败，他都没有放弃。

皇天不负有心人，经过多年的洗礼，汉德森终究是长大了，他以优异的成绩被英国剑桥大学录取了，而在毕业典礼行成年礼那天前夕，他主动邀请了伯德丽夫人和自己一起参加。可是，谁又会想到，他竟然旧病复发，在这种场合惹得伯德丽夫人哭泣，那一刻，邦德心灰意冷。

在仅仅十余步的距离里，邦德先生想了太多太多，他决定彻底放弃汉德森，甚至想着取消他的毕业资格，然而，一阵掌声打断了他的思绪。主持人这时按照邦德先生之前的安排，邀请伯德丽夫人上台讲话。

如果不是伯德丽夫人坦诚而真挚的语言，如果不是自己在这十余步的距离里反复回想了许多许多，邦德终于明白自己错怪汉德森了，因为伯德丽夫人在台上讲，她理解儿子所有一切的举动，只因他爱这位陌生的母亲，因为爱，所以害怕失去，因为害怕，所以永远是那么冷漠。

而汉德森对伯德丽夫人到底说了一句什么话让她流泪，邦德先生回到家里后还久久不能平静——妈，我一直很爱你，只是因为爱，才冷漠。他决定把这句话告诉自己所有的学生，让他们知道这个世界有这样一种特别的感情。

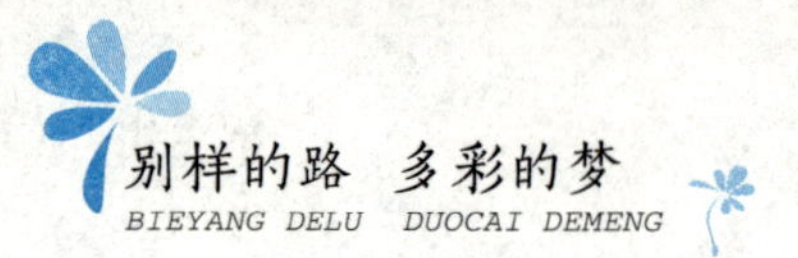

请你收买我

▶ 文 / 杨哲

善良的根须和根源，在于建设，在于创造，在于确立生活和美。善良的品格同美有着不可分割的联系。

——苏霍姆林斯基

收买是一个非常难听的词，它总是与出卖联系在一起，而谈及出卖，往往又与一些更严肃的词有着扯不清的关系，比如国家、民族，还有灵魂。

我一度认为，自己被收买的事情与国家无关，尽管那个女人来自葡萄牙，在很多人眼里，那是一个放荡的国度。至少那个时候，也就是我的孩提时代，母亲是如此教育我，那是一个非常邪恶的地方，所以那里的女人同样妖娆，她们会像奥林匹克山上的那条毒蛇一样蚀食优秀的男人。

父亲是一个优秀的男人，母亲这么评价过。但后来的更多岁月，父亲变成了一个薄情负义的伪君子，当然，母亲从不承认这是因为爱情的伤害，而总是激情昂扬，从教育变成辱骂，一个男人怎么可以忘记法国佬当年对自己民族的杀戮？

然而，父亲就像中了爱情的毒一样，尽管他曾多次强调、发誓，从未改变过自己的忠贞，更未动摇过自己的理想与价值：我是爱国的，更是爱你的！父亲总是在激烈的争吵中辩驳。

可是，当那个法国女人，我知道她的名字，艾卡卢，竟然光明正大出现在家里的客厅，母亲转身而去，父亲却并未跟着跑出去时，这种辩驳变得软弱无力，更可怕的是，这个法国女人，当她微笑着给我戴上一串精致的项链，看着她的脸，我竟有种喜欢的冲动，我想这个女人其实并不那么讨厌。这种想法是非常可怕的。

父亲说，不好意思。爱卡卢却只是微微一笑，她的声音很美，根本没有把母亲对她的怨恨放在心里，她甚至摸了摸我的头发，告诉我，要带我到最好的法兰西理发店。你是一个美人胚子，她说，真好。

我就这么被她收买了，并不仅仅是一串漂亮的项链，更多的是感觉。我的脑海里甚至没有出现母亲的影子，这很可怕，而且，我有种预感，母亲完了。

是的，在一场超级吵闹之后，我的母亲回到了圣保罗的一个小镇。我以为，爱卡卢胜利了，她用收买的方式完成了对一个男人。一个家庭的征服。然而，我错了，这个女人并没有如我想象般入住“卡德罗穴”，甚至在很长一段时间，她都没有出现在我的视野里。

直到那一年的秋天，我曾一度怀疑，是母亲的诅咒带来了海啸，可惜，海啸并没有带走她憎恨的女人，反而误伤了她自己。因为，当她得知我被一截断枝压折了右腿时，冒着风雨，她奔回了里约热内卢。

我必须得承认，母亲是无能为力的，因为这关系到我在以后的感情取向。如果不是爱卡卢，这个葡萄牙女人把我送到医院，我想，自己失去的可能便不止是一条腿。看着父亲，还有母亲，他们都从远方回来，我一句话也没说，当然，这并不代表我不爱他们。

母亲第一次低头，为我向她仇恨的女人道谢，但仇恨却并未因此而消失。因为在不久后，她又和父亲吵了，不容任何解释。也就是从那一刻起，我打算离开巴西，去欧洲，到葡萄牙去寻找心中的答案。

或许，我所感悟的并不是真实的，但从内心深处，对于爱卡卢，却是有偏爱的。我痛恨自己有这种想法，觉得自己对不起母亲，但当岁月沉淀，时光推移时，这些关乎伦理、道德、民族的问题一直缠绕在我的心上，从缠绕到有序，慢慢变得清晰。

其实母亲的失败并不是在爱情上，更不是在家庭上，很多时候，我们并不知道，自己缺少的只是那么一丁点包容之心。巴西一直流传着一句古语：太平洋与大西洋不会发生海啸，因为它们会互相包容。

我爱母亲，也爱父亲，但我确确实实对爱卡卢这个女人有着更多的偏爱，我被她收买了。我承认，只要有一颗包容世界。打动我的心，任何人都可以收买我。所以，在葡萄牙的日子，我心里常说的一句话便是，请你收买我。

第四辑

Chapter Four

不辜负每一颗纯洁的心灵

▶ 文 / 江淮风云客

善良——人所固有的善良，这些东西唤起我们一种难以摧毁的希望，希望光明的、人道的生活终将苏醒。

——高尔基

去年，我调到了一所新学校任教，刚到新单位就有好心人提醒我："那位喻老师，没事别惹他，特孤僻。"

果然，我来才几天，喻老师就闹开了。这天晚上，学校几位领导在饭店招待客人。喻老师冲了进去，掀了桌子，而且骂得很是难听："你们这几个家伙，整天就知道拿学校的公款吃喝。让你们买个饮水机给学生们课下喝口水，你们却总推来推去的，吃！我让你吃？"

好在，平时喻老师还随和，虽然话不多，但还是讲道理的。和我虽没什么深交，但是合作还算愉快。

元旦那天，每一位老师都收到了许多学生送来的贺卡。我们收到了，都往抽屉里一放就完了，过一段时间，等到抽屉里的东西多了，这些贺卡也许就当杂物处理了。只有喻老师，细心地装订好，写上封面，夹在相册里，并且买了一大叠贺卡，给学生们一一回赠。大家看在眼里，都笑在心里："这老夫子教书教得迂了。"要知道，喻老师班上的孩子一个个才七八岁啊。

前两天，我去邮局领稿费，都是些小钱，一张单子才几十块钱，几十张单子，人多的时候还真不方便，只好拣中午的时间去。走进邮局我就看见了喻老师，他正拿着厚厚一叠贺卡，对着通讯录一一写着地址，足足有一二百张。看来是给已经毕业在外地的学生回赠贺卡。

我说："喻老，这么多的学生都要回赠，您老就不嫌麻烦吗？再说，您不回，学生们也不会介意的。"

"是啊，不回他们也不会介意的，但是我不想辜负了这一颗颗感恩纯洁的心灵啊！"喻老师抬起头来，笑容温暖而慈祥。

听着这话，我的心里猛地一震。这哪里是一张张贺卡啊！分明是一颗颗纯洁感恩的心在这里得到了认同与共鸣！

在红尘中打滚得越久，对美好与纯洁的东西就越容易忽视麻木。做老师这么多年，曾经有多少纯洁的问候，千里迢迢地飞来，却在我们这里被搁置一旁。

回去的路上，我一直在想着喻老师，想着他平时的一言一行。想着想着，他的形象越来越清晰，分明是一位嫉恶如仇、平凡善良而感恩的老人啊，却被世俗冠之以孤僻迂腐的恶名。

在纯洁灿烂的阳光下，远山近水，绿树红花，碧草如丝，显得熠熠生辉。我在心中涌起对喻老师深深的感动与浓浓的敬意。

喻老师是对的，面对这一颗颗纤尘不染的心灵，每一个人都有义务把生命中最美好的一面展示给他们。

真正的朋友

▶ 文 / 江淮风云客

如果“善”有原因，它就不再是善；如果“善”有它的结果，那也不能称为“善”。“善”是超乎因果联系的东西。

—— 列夫·托尔斯泰

虽然房价一涨再涨，但是对于我们这样没有房子的人来说，房子还是要买的，总不能租房过一辈子吧。算算存款，勉强也够付首付了。于是，我和妻子从城东跑到城西，看了二十多个楼盘，终于相中了一套九十平方的三居室，背山面湖，阳光明媚。妻子乐得不得了。

房子很快就买好了。看着售楼小姐温暖得体的微笑，我又高兴又沮丧，也难怪，我跟妻子两个人十几年的积蓄，就这么没了。

接下来是装修，没个十万是拿不下来的。我拍着空空的口袋，苦笑着对妻子说：“没钱了，还装什么修呢？”妻子心情挺好，乐呵呵地：“出去借吧，你五万，我五万。”

借就借吧，我平时也算交游广阔，借这点钱应该不成问题吧。第二天一早，我就给一个平时最铁的哥们打电话，没想到哥们在电话里支支吾吾：“不好意思啊，套股市里了……我妈也病了……”我又兴冲冲地给第二个哥们打电话，第二个哥们说他家他做不了主，得请示他老婆……

三四个电话打下来，我的心慢慢凉了。这借钱可真不容易啊，没借过钱的绝对不知道其中的艰难。这些朋友平时胸脯拍得“砰砰”响，一说借钱咋就这么难呢？晚上回家一看，老婆也是一脸的沮丧，她单位里的那帮姐妹一个也不肯借。

那天晚上，我和老婆合计了半宿，也没想出向谁可以借到钱。那么多关系铁的都借不到，关系一般的我们都不就更开口了。

没钱就没法装修，房子就搁在那了。

前阵子，我回了趟老家。在村口遇上了王大山，自小一块长大的，小学到初中都是同学，这些年来一直不咸不淡地联系着。他一见我就特热情，非拉着我上他家吃饭。闲聊中，我无意中提到装修缺钱，王大山一听就爽朗地说，我存着几万块钱，你要是急，就先用着。

第二天，王大山就提着四万块钱送到了我家。

那天，我和妻子热情地招待了王大山。酒到半酣，我拉着王大山的手，感动得有点想流泪：“谢谢你，大山。”

“切，这多大的事啊？”王大山一脸轻松，“不准说谢，陪我再干一杯就好。”

那天晚上，我和老婆感慨了许久。最后，我说：“记不清哪位作家说过，真正靠得住的朋友，都是十八岁前就认识了。看来，他真说对了。”“是啊，这位作家真正是看透了人性。”老婆心悦诚服地应和着。

过了一阵子，我的一位小学同学又借了我三万，妻子的一位表姐也借了我们三万，终天凑齐了装修的钱。

如果一个人，你十八之前就认识了，到四十岁时，你们之间还有交往，在漫长的岁月长河中，一直不温不火不离不弃，那么这个人一定是你最靠得住的朋友之一。因为，十八岁之前建立的情谊最为纯真，它没有一丝一毫的功利。而成年之后的交往，往往掺杂了一些其它的东西，比如金钱，比如地位……

心宽天地阔

▶ 文 / 江淮风云客

要知道，能在困境中保持自强是多么令人崇敬啊！

——朗费罗

散步归来时，常会遇到一位老奶奶。她衣衫素洁，满头银丝，戴着一副金边眼镜。每次，她都平和地对我微笑，那微笑有着世事历尽般的舒展和从容，如朝阳一般让人觉得心里暖暖的。

我一下子就喜欢上了这位鹤发童颜精神矍铄的老人，连我五岁的儿子也非常喜欢这么老奶奶，每次见面，儿子都会响亮地叫一声："奶奶好！"有喜欢吃的糖果，也一定要给奶奶留着。她呢，总是脆生生地答应着，再平和温暖地微笑。

我想，如此恬静，如此具有知性美的老奶奶，可能是附近哪所高校退休的教授吧。

慢慢地，我们就熟悉了，散步时，若是没有遇上，心里还有点失落。

偶尔，她还会带一把水灵灵的青菜，两根绿生生的黄瓜。“自家种的，没污染。”说这话时，老人总是笑得很开心，露出洁白的牙齿。

这下，我更肯定了自己的判断。在这个寸土寸金的城市里，谁家还能拥有一块菜园子啊？除非，住的是别墅，在花园里开辟一小块地，倒是有可能。我想，这位老人的生活一定十分优越。

可是后来，我才知道自己的判断错了。

那天，一个邻居来串门，无意中，说到了这位老奶奶。邻居说：她啊，我知道。

原来，老奶奶原本是附近一所小学的教师，有一个儿子和一个女儿。大儿子二十二岁时得血癌去世了，就一个女儿在膝下承欢，却不料前年，女儿也得了败血病，一年要二十多万的治疗费用。女婿闹着离了婚，带着外孙跑得不知去向。这两年，她就一个人照料生病的女儿，还开了个补习班带着五六十名学生。那些蔬菜，是她在小区的花坛里种的，大家都同情她，也没人干涉。

听完了，我心中无比震惊。我实在无法想象，一个已被生活打击得千疮百孔的老人，居然还能拥有那般恬静祥和的微笑。那般愁苦的生活，居然没有在她的脸上留下一丝一毫的痕迹。

邻居说：大家都佩服她！她那种心境，没的说！

第二天散步时，又遇到了老奶奶。远远的，一看到她，我的心中就涌起了浓浓的敬意，还有一种说不出的忧伤。

老人微笑着，逗着我孩子。儿子很认真地说：“奶奶，您真了不起！我妈说了，您是天底下最坚强的人！”

老人敛了微笑，面容如秋水般平静：“你们都知道了？”

我歉意地对着老人说：“不好意思，孩子不懂事……”

“没事，都会过去的。”

我真诚地说：“您真了不起，您真伟大！”老奶奶一捋头发，咧开嘴笑了，响亮地说着：“没啥，心宽而已，心宽天地阔嘛！”

老人转身走了。她那满头的银丝，挺直的背影，在一抹艳红艳红的夕阳地映照下，显得美丽而安祥。我看着老人的背影，忽然流下泪来。我终于明白，比起纵横捭阖的英雄们跌宕起伏的人生，平凡人逆境中的微笑，更能打动人们日益疲惫的心灵。

或许，我们无法选择生活，但是，我们可以选择生活的方式。很多时候，与其痛哭，还真不如微笑着接受。

达沃尔的钟声

▶ 文 / 朱笑寒

一善染心，万劫不朽；百灯旷照，千里通明。

——萧纲

印尼小镇达沃尔始建于 19 世纪，古朴而安宁。

镇后，有一座青山，茂林修竹间，有一座败落的古寺。寺后，是青森森的一面断崖。1879 年，一个年轻的女子在这里跳崖自杀。之后，在这里自杀的人逐年增多，最后竟然发展到每月都有。都是些年轻的生命，有的脸上还带着稚气，竟然都选择了如此惨烈的方式结束自己的生命。

2005 年 4 月的一个黄昏，美丽的霞光柔柔地洒满了整个山坡。麦迪一个人立在断崖旁，脸上是深深的落寞与宁静。山下，是麦迪生活了二十多年的达沃尔小镇，在霞光的映衬下，小镇唯美得就像一幅油画。

别了，达沃尔。麦迪在心中念叨着。

都说，自杀的人，是因为一时想不开。但麦迪不是的，他思考了很久，也不是禁受不了打击，麦迪一直是个坚强的孩子。不是为了逃避什么，而是因为失望。如果生无所欢，那么，死，便是一个自然的归宿。

麦迪走近悬崖，整了整衣衫，他准备跳了。

“铛——”忽然传来一声钟鸣。那钟声清清幽幽的，还打着颤音。

“铛——”又是一声。麦迪觉得，仿佛有什么滑过了心脏的边缘。

“铛——铛——”钟声舒缓而绵长，荡荡悠悠的，眼看就要岑寂下去，又不徐不疾地一声清响。

麦迪有些意外，荒山败寺，哪来如此幽古的钟声。

跨过败落的围墙，麦迪看到了一口黝黑的青铜大钟。一位老人，青灰长衫，花白短发，身姿挺拔，仿佛深山里的修行者。两缕粗大的麻绳，吊着撞钟的原木。老人，推着原木，一下，“铛——”清清幽幽的，打着颤……再一下，“铛——”清清幽幽的，打着颤……

一共一百零八下吧？这个神秘的数字，暗合着某种东方的禅意。

敲完了，老人朝麦迪招了招手：“过来敲敲，小伙子。”

原木黑黝黝的，凉幽幽的，透着古意。麦迪推着原木，随意散淡地撞着。钟声荡荡悠悠的，在暮色里，飘得很远很远，一下，又一下……

天终于黑了，山间一片荒冥，老人拍拍双手：“回去喽。”

麦迪跟在老人身后，老人脊背颀直，十分健谈。老人说，他是电厂的退休工人，常来这爬山健身。那口钟，就是老人修好的，没事就来敲敲钟。

“敲钟好！”老人最后强调说。

麦迪回到家里，重新开始了新的生活。每个黄昏，坐在自家的窗台前，麦迪都能听到隐隐的钟声。那钟声荡荡悠悠的，仿佛心灵也随之在天宇中翱翔。

据说，自从有了老人的钟声，大半年了，断崖下，没有出现一例自杀事件。

忽然有一天黄昏，麦迪没有听到期待中的钟声。稍作打听，才知道老人昨天去世了。

第二天，那荡荡悠悠的钟声又响了，清幽幽的，在小镇的上空回荡。这回，敲钟的，是麦迪。他一身灰黑衣服，立在四合的暮色里。那目光宁静悠然，一如那位逝去的老人。

到如今，整整六年了，达沃尔小镇的断崖前，再也没有人自杀。有记者报道说，这都得益于麦迪的钟声。

现代社会，生活成本高，生存压力大，人们身体劳碌，心灵疲惫。每一个人，都需要有一方悠扬的天空，让思想沉淀净化，让心灵舒展翱翔。达沃尔的钟声，就是一对让心灵悠扬的翅膀。

在每一个斑斓的黄昏，或是清幽的夜晚，愿达沃尔的钟声在我们每一个人的心底，清幽幽地，响起……

盛世甘为散淡人

▶ 文 / 朱笑寒

自强不息，乃幸运之母。

——德国谚语

一个老朋友多年不见，偶然地，在网上又遇见了。一声招呼后，就柴米油盐地聊开了，不谈壮志，也无闲愁，这或许就是中年男人的况味吧。

忽然，他的签名引起了我的注意。“盛世甘为散淡人”寥寥散散的几个字，却有着十分悠长的意韵，就如一幅远水疏云的水墨画，牵起了我悠远的思绪。

曾几何时，朋友是那么的意气风发。1999 年五月，我与朋友，还有十多个同窗，泛舟洞庭，攀上君山。登高望远，山河辽阔而壮美，大家顿觉胸襟开阔神清气爽。

突然，朋友攀上山岩，立在巨石之上，奋力挥舞着双臂：“啊，我思念那洞庭湖，我思念那长江，我思念那东海。那浩浩荡荡的，无边无际的

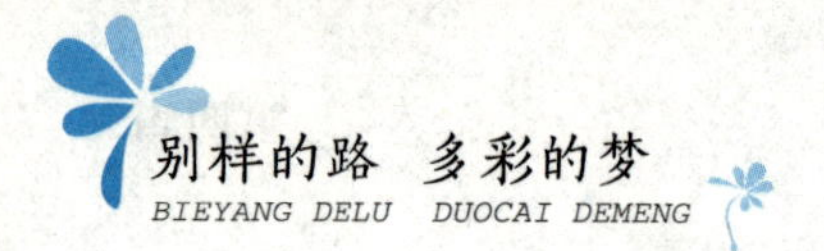

波澜呀，那浩浩荡荡、无边无际伟大的力啊……”朋友瘦小的身躯上套着长衫，在风中涌荡，一瞬间似乎充满了无穷的力量：“炸裂呀，我的身体，炸裂呀，宇宙！让那赤条条的火滚动起来，像这风一样，像这海一样滚动起来！”

那一刹那间，朋友的激情感染了在场的每一个人。在深邃的一片天蓝下，在浩浩的洞庭上，有一股无与伦比的热情充溢在我的心头，有一种想要热泪横流的冲动。事隔多年，还有不少女同学半是认真半是调侃地说，那一刻，他帅呆了！

毕业后，别的同学都如我一般，进了国家的事业单位，波澜不惊地拿着尚能糊口的工资。只有他，提着背包去了上海。有同学说，有的人就算不能成功，失败了也会惊天动地，比方说项羽！一直以为，这是对朋友的最高评价！

可是，十多年的光阴一过，这位当初激情四射的少年，居然完全变了。“盛世甘为散淡人”平淡、高远、从容，淡定中，透着悠古的禅意。

他说，真的，如今，只想做个散淡幸福的人，散步、读书、下厨房、接孩子，这样真的挺好。这些年，该吃的苦都吃了，该赚的钱也赚了。回过头来看看，最动人的就是寻常烟火的家居生活。好比古代的文人，没中举的都想着做官，而做了官的却忙着归隐。去年把车卖了，买了辆自行车；皮鞋也不穿了，拗脚，老婆给做了个千层底。我觉得现在才叫生活。

既然这样，你后悔当年的四处打拼吗？我问他。

不后悔！我觉得，这一段打拼的经历是人生必不可少的，少了它，生命就有了缺憾。比如，巴勒斯坦的饥民吃土豆啃红薯是无奈，而纽约的白人吃红薯是保健。没在朝庭里当过官的人，是没有资格谈归隐的！同样是柴米油盐的生活，我比你，更能感受到其中的滋润与闲逸。

因为是多年知心的老朋友，最后一句话，他说得很直接，但是我心服口服。

人生就是这样的，二十来岁的年轻人，不要谈什么淡泊；四十岁的汉子也不适合再说什么壮志！

“盛世甘当散淡人”这是一种俗事历经后方能拥有的大智慧，是返璞归真后，一丛蓝幽幽的炉火；是日炙风卷电闪雷鸣之后，那一方宁静高远的蓝天……

你真的不用谢我

▶ 文 / 朱笑寒

一言之善，重于千金。

——葛洪

一个小女孩，才五六岁吧，在一次意外中，全身深度烫伤，好不容易才保住了一条命。但要想治愈只怕要二三十万吧，镜头中，小女孩凄厉地叫着，浑身就像油炸的糍粑一样，咝咝地冒着黄水。她的妈妈抹着眼泪泣不成声。新闻播出后，许多好心人都赶到医院伸出了无私的援助之手。

有一位女士，衣着朴素，面容干净，也不像生活滋润的有钱人，却一下捐出了五千元。记者采访她时，她真诚地说："没什么，真的不算什么。这小女孩太可怜了，我要不知道也就罢了。既然知道了，如果不帮助一下，我良心会不安的。"

看着这则新闻，我心中软软的，一阵感动。"我良心会不安的。"多么朴实的话啊，不由地，我想起一位恩师也说过类似的话。

上师范时，班主任姓肖。那时，我家里穷，除了吃点白粥和米饭，连买二角钱的素菜，对我，都成了奢侈的享受。她知道后，每天放学就拉着我去她家吃晚饭。她两口子带个孩子，也不是很宽裕，却每晚都或鱼或肉地准备点荤菜。长年这样，我真觉得不好意思，但是，肚子一饿，又实在抗拒不了。

第二年，她的孩子上小学了。她于是有了一个名正言顺的理由，让我辅导她孩子的功课。其实，我懂，她是怕我难为情，才一年级，要什么家教啊？

就这样，我在她家吃了三年的晚饭。毕业时，我握着老师的手动情地说："谢谢您，老师，我这一辈子都忘不了您。"她笑了："你别放在心上，不过多放把米，谁碰上都会帮一把的。你其实不用谢我，真的！在我看来，这是我应该做的。"

这些年来，除了心里记挂着，过年过节发个短信问候一声，真谈不上什么报答。这让我常觉得心里愧疚。

我班上有个学生，父亲早逝，成绩优异。前几天，我送了他一套复习资料加两件衣物。晚自习时，他画了张贺卡给我，上面大大地写着"谢谢"。我对他说："你真的不用谢我，这是我应该做的。""不，老师，真的谢谢您。"他坚定而动情。

"你真的不用谢我。"我希望，这句话他能早一天听懂。人这一生，相处时间最长的，不是父母妻儿，也不是亲戚朋友，而是自己，是自己与自己良心的静静对视。所有的法规、法律，与"良心"一比，都俗不可耐。只有"良心"才是社会最初的本真，人类最美好的情怀。

有些事，只有做了，才能过了"良心"这道坎。就如肖老师于我，我于这名学生，对于接受者来说，固然该有着一颗感恩的心；但对于施与者而言，不过是一颗善良心灵的本能反应，不过就是应该做的，朴素自然得就如饿了就该吃饭，冷了就要添衣一样。

滚滚红尘，芸芸众生，很多时候，你真的不用谢我。

她们是邻居

文 / 戴华娥

利人的品德我认为就是善。

——培根

她住进这幢楼时刚结婚，那天阳光正好，她兴致勃勃地洗了几件衣服，拿到阳台外晾晒。她一低头，只见楼下的晾衣架上，靠左的位置，也晾了两件衣服。一条黑色裤子，一件蓝色上衣。她便在靠右的位置，将衣服晾好。

刚过一会儿，“砰！砰！砰”有人敲门，响声如雷，她慌忙开门。门外站着一个老女人，一脸怒气，问：“你的湿衣服把我晒的衣服都弄湿了，你安的什么心？”她张张嘴，解释道：“我晒在右边……”老女人嚷：“晒在右边怎么了，风一吹，我的衣服照样淋湿。”她一脸窘相。

老女人还是不依，说：“你们深更半夜回来，家里总是轰隆轰隆的，年纪轻轻的，什么素质？”她满脸通红，泪水涌了上来。老女人下楼时，嘴里还嘟囔着："以为我老了，欺负我，没门！"

她的眼泪掉下来，她想："摊上了这样的邻居，以后还是小心为好。"于是在那之后，她的衣服尽量在阳台里晾晒。她走路时脚步放轻，再也不敢蹦蹦跳跳。可有时想起老女人凶神恶煞的样子，她的心里又是恨恨的，忍不住在地板上踹两脚。在楼梯上再遇见老女人，老女人拿眼瞪她，她脸一扬，想："一辈子不理你，一辈子不跟你说话。"

她们还真的不说话了，两个女人井水不犯河水，关起门各自过日子。日子里有操不完的心，渐渐地，她有了孩子；渐渐地，孩子会叫爸妈了。可是，在孩子三岁那年，她的生活发生了一场变故。

她丈夫是一名消防队员，在一次执行任务中牺牲了，她的小日子从天堂坠入地狱。之后她从痛苦中慢慢挣扎出来，却变得沉默了，沉默地抚养孩子，沉默地赚钱养家。白天，她将孩子送到托儿所，自己用小车拉着杂货，去农贸市场摆摊。傍晚，拖着疲倦的身体回家。

那天，她刚到楼下，正准备掏钥匙开防盗门，啪一声，防盗门自动打开了。她想："是谁碰巧开的吧。"第二天，第三天……一到楼下，防盗门都自动开了。她醒悟，是有人在给她开门！谁呢？她抬头看楼上，全楼只有老女人白天在家。她的心里，有一股暖流淌过。

那天，她在市场上收到一张50元假钞，假钞让她有流泪的冲动。许多时候，她一天的收入还不到50元。给她假钞的男人还没走远，她一下子冲过去，抓住男人的胳膊，尖着嗓子喊："骗子，把钱换过来！"男人看她面目狰狞的样子，没说什么，把钱换了。

那天，她回到楼下，防盗门又啪一声响了，她忽然想起许多年前老女人凶神恶煞的样子。她在那一刻理解了老女人，就像今天，她抓住那个彪形男人时，天知道她有多害怕。她像刺猬一样竖起全身的刺，做出一副强悍的样子，因为她内心实在是那样的无助与软弱啊！她的眼泪流了一脸。她知道老女人只有一个女儿，远嫁他乡，极少回来。平日里，老女人只是孤孤单单一个人。

那天晚上她刚睡着，忽然被吵醒，侧耳听了听，是老女人楼下的一家在放音响。她翻身再睡，白天太累了，全身骨头散架了一般。忽然间她又睁开眼，想了想，起身。她担心老女人会去找人家，说不准又要吵起来，老女人岁数大了，经不起折腾了。她轻轻敲开放音响人家的门，楼上终于安静下来。

再见到老女人，老女人低着头，她也垂了眉眼。两个女人间没有了剑拔弩张的架式，却依然不说话。或许是因为习惯，或许是因为都放不下面子。

日子过得很快，转眼间，孩子上了小学。让她欣慰的是，孩子学习成绩很好。让她烦恼的是，孩子假期里没人照顾。那年夏天，孩子又放暑假了，每天离家前，她一再嘱咐，在家待着，看电视，写作业，出去玩不要跑远……孩子答应着。可每天傍晚，她还是飞一样地往家赶，她实在不放心孩子一个人在家。

那天下午，老女人照例站在窗前，无所事事地看着楼下的行人。她知道，每天上午，楼上的男孩都在家看动画片，电视声音有时调得很大。中午几个同学来找他，一伙男孩去海边玩水。下午 3 点左右，男孩回来，晒得像泥鳅一样。可那天下午，老女人等来等去，一直不见男孩身影。

她有些急了，这小子，还不回来，不怕他妈揍他！4 点多钟，仍不见男孩。她想起前几天看电视，一个小孩游泳时溺死。她想可别再出什么事，楼上的女人已经够可怜的了。这样想着，老女人越发着急，她慌慌张张出了门，她要去海边看看。

走到楼下，老女人才想起，还穿着拖鞋呢！也顾不上回去换了。有邻居走来，彼此打了招呼。

老女人来到海边，偌大的海滩，人群跟密集的蚂蚁一样，男孩在哪里呢？老女人焦急地走着，焦急地寻找。她忽然啊了一声，一只贝壳刺破她的脚，有血渗出来。她低头看脚，这时候她才感到脚踝刺心地痛。

半月前，她下楼梯不小心崴了脚，这些日子恢复得差不多了，刚才走得急，现在又痛起来。她顾不上想太多，眯起眼睛，扫视的目光放远些，再放远些。

那天晚上女人回到楼下，防盗门没有像往日那样啪一声打开，她有些意外，却也没多想，掏出钥匙，自己开了防盗门。

回到家，儿子不在家。她因为实在不放心儿子一个人在家，前天给老家打了电话，请年迈的父母帮忙照顾一段时间。今天清晨，她的弟弟来接走了儿子。肚子有些饿，她到厨房用高压锅煮了饭，然后，来到阳台上。

从阳台往外瞅，她微微愣了一下。楼下的晾衣架上晾着两件衣服。一条黑色裤子，一件蓝色上衣。楼下的老女人似乎只有两套衣服，反反复复只晾晒这么两件。可老女人的生活又很有规律，早上 6 点钟将衣服晾出去，晚上 6 点钟收回。女人抬腕看时间，6 点了，她蹙蹙眉头，想："老女人今天有些反常呢。"

女人开始坐立不安，她想起半月前老女人下楼崴了脚，也没人去看她。那段时间不知老女人是怎么过来的？女人的心里，有了歉意。

女人犹豫一会儿，跑到楼下，咚咚咚地敲门。没人开门，她越发不安起来。有邻居过来，说："家里没人吧，下班时我见过她，说是去海边了。"去海边？女人又一愣，这么多年了，老女人极少出门。除了扔垃圾，她总是一个人待在家里。她去海边干吗？会不会想不开？

女人回家，关了打火灶，直奔海边。女人在海边的人群中快速行走，耳朵里响的全是啪啪地开门声。正是一声声“啪”，让她不管回家的路上多么疲惫，心里总有一种温暖的期待，她的眼睛渐渐模糊了。

老女人忽然间看见她，嘴唇哆嗦着，问：“小强他，回家了吗？”女人一愣，一时间，她全明白了。眼里的泪水落下来，她说：“小强回姥姥家了。”

女人搀着老女人走在沙滩上，月亮升上来，照着两人的脸。两人的眼里，亮晶晶一片。老女人许多年没来海边了，迎着微微的海风，女人陪着她慢慢走。有人在旁边低声说话，看那婆媳俩，关系真好。另一个人反驳，看那表情，应该是母女俩。两个女人转过脸，相视一笑。没人猜得出，她们曾十年没有说过一句话，她们是邻居。

最珍贵的一课

▶ 文 / 戴华娥

真正有才能的人总是善良的、坦白的、爽直的，绝不矜持。

——巴尔扎克

他做梦也没想到，这把最爱的胡琴，有一天会成为谋生的工具。是的，谋生，这样想的时候，他的心，隐隐作痛。音乐曾是他的梦想，胡琴是梦想的载体。他无数次幻想过，他坐在高等音乐学院的教室，如痴如醉地听老师讲课……但这一切，随着那场可怕的车祸，永远地划上句号。

许多时候，他坐在闹市区或地下通道的路口，胡琴架在腿上，发出咿咿呀呀的声响。胡琴对他来说，只是一个道具，因为他发现，仅仅摆着一只破旧的搪瓷缸子，一天下来，收入廖廖无几。而有了胡琴，人们往搪瓷缸里投置的硬币明显增多。

胡琴咿咿呀呀响着，他随心所欲换着曲日，无人认真倾听。眼前的行人是匆忙的、冷漠的，瞥来的眼神，是鄙夷的，甚至投来的硬币，“咣当”一声，也发出嘲弄的声音。他习惯了这些，他甚至挽起空荡荡的裤角，不无恶意地露出半截腿骨……

那天心血来潮，他拉起《相逢是首歌》。这支曲子，他曾经代表学校，参加过市里的音乐比赛，获过优秀奖。往事如梦，却历历在目，他一边拉着，眼角一边沾上泪滴。他沉浸在自己的情绪中，忽然听到一个严厉的声音：音调高上去！

他抬头，一位女人，穿着白色风衣，站在眼前，看着他，脸上不苟言笑。他一愣，一股说不清的滋味涌上心头，居然有人注意他！他抹一把眼睛，眼睛也跟着亮起来。他认真地拉起来，女人轻轻打着节拍。许久，她点点头，说，不错。转身走了。

他看着她的背影，有些疑惑。人们总是唯恐避他不及，居然有人来主动指点！这是个什么样的女人？她看起来高贵沉静，打拍的手势娴熟优美。他深呼吸一口，体内仿佛有新鲜的血液注入。

他开始注意起来往的行人，他发现，那位穿白色风衣的女人，每星期三下午总会从这里经过，然后在他面前驻留片刻，静静倾听，或指点一两句。于是，每星期三下午，他总是雷打不动地呆在这里，卖力地拉着。

那个下午，他照例来到老地方，风很大，天很冷，女人迟迟未来。他迟疑着，想离开。这样的鬼天气，行人少，收入更少，呆在这里，简直是白受罪。正犹豫不定时，女人出现了，她依然穿着白色上衣，面色白皙得近乎苍白。他心里一喜，女人照例听他拉了一会儿，然后，轻打节拍，让他随着节拍拉。

让他欣喜不已的是，在女人的节拍下，他以前很难拉上的音调，居然平稳地滑过。女人或点头，或摇头，或说一两句鼓励的话。他用心拉着，恍惚间，仿佛坐在一座音乐的殿堂里，天为梁，地为座，他与老师徜徉于音乐的海洋中。

一只曲子不知拉了几遍，也不知过了多久，他的头上，冒着热气腾腾的汗。汗水流进眼睛，他腾出手抹一把时，才发现不知何时，女人的身边多出一个红衣女孩，女孩在为女人高高举着一把雨伞。天空居然不知何时，下起了极细极细的雨丝。

女人对女孩摆摆手，让她把雨伞举到他的头顶，他慌忙摇头。女人却不容分说，将女孩轻轻推过去，说，我穿着风衣呢，湿不透的。女孩不情愿地站在他身边，举着伞。

他感觉她累了，有些喘息，便停了下来。然后，她定定地看着他的眼睛对他说了一句他终身难忘的话，片刻，转身离开。

以后的日子，他仿佛变了个人，他再也不敢将胡琴拉成咿咿呀呀的声音了，他用心地拉着每一支曲子。常有行人在他面前驻留，搪瓷缸里，钱币总能装得满满的。可这些无法安抚他一颗焦躁的心，因为他许久没有见到那个女人了。每个星期三下午，他的眼神都急切地在行人中穿梭，却再也寻不到那个亲切的身影。

直到一天，红衣女孩出现在他面前。女孩面容沉静，像在沉思，又像在倾听。许久，女孩转身离开，转身的瞬间，他看见她眼角有泪。他喊住她，嗫嚅着，问，那位老师，你见过她吗？

女孩停下来，缓缓地说，她是我们音乐学院的教授，那个星期三下午，她为我们授完课，又来你这里……她得了绝症，上了手术台，再也没下来。那一次，是她最后为我们上课……说着女孩的眼泪夺眶而出，嗓子哽咽着，再也说不下去了。

他一怔，十指僵住，胡琴声戛然而止。

他不敢再随便动琴，每拉一支曲子，必用心弹拉。红衣女孩成了他的朋友，不时来看他，给他指点，或说一些琐碎的话。那天，他正拉着一支曲子，一个敦实的男人在他面前站了很久，而后，递给他一张名片，问，你愿意到我这里干吗？

那个敦实的男人，是这个城市有名的“向伟乐队”的老板。

他成了“向伟乐队”的顶梁柱。每一次演奏中，他都拉得如痴如醉，台下观众也听得如痴如醉，不时有人献花，他赢得如雷般的掌声。观众们用崇拜的眼神看着他，为他身残志不残而感动，而鼓舞。

而他，一心一意拉着胡琴，抬眼中，仿佛又看到那特殊的课堂：天为梁，地为座，细雨是帷帐，而他的老师，一次一次为他打着节拍……

他永远忘不了她说的话：只要心不荒芜，你的人生，就会绿意葱茏。

而他绿意葱茏的心里，是她，洒下了爱的种子。

一只拒绝飞翔的鸟儿

文 / 杨哲

天下无纯粹之自由，亦无纯粹之不自由。

——章炳麟

非常抱歉，我不打算告诉你这只鸟的长相。而且，我答应过那个男孩，我将对他的姓名和身份守口如瓶。

这样很好，我的叙述将会变得异常简单了。请跟我先回到 1943 年，地点在，哦，罗马南部一个叫安齐奥的小镇。在那里，我看见一只鸟，双翼紧闭，行走在林荫小道上。

你是不是觉得这是一幅非常美丽的图画？我也觉得，尤其是看到那只鸟儿行走到一个男孩身旁，而那个男孩背过身去时，我越发觉得自己活在一篇童话里。可惜，事实恰好相反。

为什么？我也想知道，所以，我询问男孩，这么可爱的鸟儿，为什么不喜欢呢？然后，男孩告诉我，这是一只拒绝飞翔的鸟儿。

我检查过，这只鸟儿没有任何疾病，而且，从它矫健的双翼可以看出，它曾翱翔于地中海的蔚蓝天空，那是一片多么自由的天空，可这只鸟儿竟然没有丝毫怀念。

男孩告诉我，鸟儿本来关在一个非常精巧的笼子里，是打算送给自己妹妹的生日礼物。可是，这只鸟儿过得太安逸了，它大概是喜欢上了这种衣食无忧的生活，竟然不愿意离开鸟笼。

“直到我把鸟笼拆掉，它才愿意出来。”男孩不悦地说：“但是，它还是不愿意飞翔，无论我用什么方法。”

从男孩的口中得知，他曾经不断把这只鸟儿抛向天空，但它宁愿摔死也不愿意张开双翅，好几次把一条腿摔骨折。可这只倔强的鸟儿就是不愿意屈服，它似乎已经认定这辈子只跟着男孩，哪也不想去。

这是极不寻常的现象，作为一个记者，我隐约觉得背后有可挖掘的素材。所以，在得到男孩的同意后，我把鸟儿放在手心，跑到一片空旷的山地，奋力一抛，鸟儿直冲向天。但它果然没有张开翅膀，而是在一声闷叫声中摔落在我脚下，惨不忍睹。

为了查清楚这只鸟为什么不愿意飞，我花了500里拉让男孩去寻找同样的鸟，我想，通过对比或许能发现答案。但是，一个星期过去了，没有相同的鸟儿，男孩甚至告诉我，连任何一种鸟儿都没找到，这个小镇简直就是鸟儿的绝地。

关于这只拒绝飞翔的鸟儿，它一直是我的一块心病，为什么会有如此奇怪的鸟？直到一个月后，看着在地上悠闲散步的鸟儿，我忽然想起男孩曾经说过，它本来是要送给妹妹的，或许他妹妹能提供一些有用的信息。于是我便问，你妹妹呢？

她死了。

几个月前，报纸上的确登过，那个凌晨，英第 8 集团军从西西里渡过峡窄的墨西拿海峡，在意大利的亚平宁半岛登陆，向意南部快速挺进，和德军四个精装师狭路相逢。

男孩的妹妹便是被一块弹片带走的，我觉得不应该提及男孩的伤心事，便说了声抱歉，不再言语。但关于那只拒绝飞翔的鸟儿，却再也找不到任何其它有用的信息了。

直到 1944 年，德军在意大利全面败退，盟军进入意大利北部的时候，我刚好经过曼图亚，在那片战争刚刚结束的战场上，我看见惊人的一幕。尸体被分成两座小山，一座是阵亡的士兵，而另一座则是无辜的小鸟儿。

那是一个战火纷飞的年代，鸟儿无论飞到哪里，都有可能被弹片击落。我终于明白，跟随男孩的那只鸟儿为什么不愿意飞翔，它并不是不热爱自由，而是因为自由必须要以死亡做代价才能得到。

所以，在后来的某一天，我给男孩寄了一封信，告诉他，拒绝飞翔的鸟儿并不羸弱，相反，它很坚强，我们应该向这只鸟儿学习。可惜，我并不知晓男孩有没有收到，毕竟，硝烟并未完全消散。

在榆树下等你

▶文/小家碧玉

离别对于爱情，就像风对于火一样：它熄灭了火星，但却能煽起狂焰。

——阿巴巴耶娃

一天，论坛留言，有个女孩希望加我QQ。

才没聊几句，她突然问我："你是不是叶锋？"

我玩笑地回了句："你觉得我像吗？"

"叶锋，别再骗我，我找了你两年，你忍心再骗我吗？"听得我一头雾水。

"要不然开视频吧！我是谁你看看就知道了！"考虑了一会儿，她接受了我的视频邀请。

这是一个挺单薄的女孩，微微有点翘的鼻子让整个面容显得很可爱。看到我的脸，她怔住了。

“看到啦，我不是叶锋！”我正准备关掉视频。突然，她哭了，面色茫然，可泪珠却大颗大颗地落下。

“对不起，我认错人了！”

原来，两年前，她在“海云天”论坛上认识了比她大几岁的叶锋，他用清新的文笔和幽默的思维敲开了她的心扉。在她读书的那个城市，他有一份很不错的工作。于是，两人见面、相恋，她沉浸在营造两人未来的种种美梦中。

可不到两个月，叶锋却突然消失了，没有一点消息，短信不回，手机不接，再后来就提示号码是空号。她不甘心，一直在找他，那时她才发现，她太不了解他了。她到他的公司去找他，却被告知公司从来没有这样一个人。她很迷茫，却不放弃，一直在努力找他，通过论坛上所有的人打听他。

她说有次可能是叶锋，他用“海云天”上另外一个账号和她聊，一开始是论坛留言，后来是QQ，他们聊了很多，也聊了她和叶锋的事。

他问：“你为什么那么执着？”

“不是执着，只是觉得我爱的那个叶锋不会就这样离开我。”

“世上登徒子何其多，叶锋也许就是一个滥情的人，也许他不过是寻求刺激，说不定连名字都是假的。”

说到这里，她叹了口气，她又何尝不知道这也许就是个骗局呢？只是她不信，不愿意相信。聊了很久，她怎么都不肯说出愿意放弃的话，对方突然很不耐烦地敲出了两行字：“我就是叶锋，我是在骗你，你要是愿意，你就在榆树下等我吧！”然后对方就下线了，从此杳无音信。

“在榆树下等我”，一次叶锋告诉她，这是欧洲人的一个俗语，意思就是你傻等去吧，我是不会来的。看到那句话，她的眼泪立刻流了下来。那时，她全家人都移民去了澳洲，可她坚持要留下来把大四念完。其实，她心里只有一个念头：如果离开了这个城市，她就再也找不到他了。她哭了一夜，想要放弃，可是晨曦初露时，她突然想起和他一起看日出的时刻，便决定再留一年，她要尽自己所能找到他，如果找不到他就离开。这是她和自己的约定，她努力地找，不在乎别人的冷嘲热讽，不在乎一次次的失望。

因为我的文笔及说话语气和叶锋很相似，因而她认定我就是叶锋。可是，等待她的还是失望。聊到快三点时，我催她去睡，她发来一个网址，说那是她做的网站，希望我能帮她发布在论坛上。

第二天，我把网址发在论坛上，打开网页，很漂亮的界面，“在榆树下……”这几个金色的字在左上角轻轻移动着，几片落叶在屏幕上缓缓飘落，我的心情突然有点沉重。相册里有她的照片，她种的叶锋喜欢的小花，叶锋送她的公仔……日记里清清楚楚地列出从他们认识两年前的一天到今天的日期，我打开今天的日记：

我要走了，今天半夜12点是我给自己的最后期限。我仍然没有找到你，乔乔今天告诉我，听说你早结婚了，娶了你们董事长的孙女。

很可笑吧，昨天晚上，我又认错了一个人，把那个姐姐当成了你。我原以为一个人就算是做梦，很努力去做了也总有实现的一天，可今天我才知道，感情比做梦还遥远。

明天，我就要离开了，今天让我祝福你在未来的生活里一路走好吧！

我的眼睛有点湿润了，也许伤痛之后才能成长，可能正因为这样，看着一个人成长，大概是一件令人心酸的事。

之后，她去了澳洲，再也不提这段感情。今年2月她回来办一些户籍手续，特地绕道来看我。我们坐在一间小咖啡馆里，下午的阳光从落地窗里轻盈地照进来，这是我们这个小山城里温暖的冬日。当我问到她感情生活的时候，她正低着头轻轻搅动那杯蓝山，想了一下，她端起杯子，定定地看着我说：“也许，我还在榆树下呢！”在我错愕的一瞬，她的眼睛里有了一丝顽皮的笑意……

时光里的微感动

▶ 文 / 小家碧玉

金钱比起一分纯洁的良心来说，又算什么呢？

——哈代

盛夏的一天，我站在公交车站等车。酷暑难耐，我便在边上小店买了一瓶矿泉水。车来了，站在车内感受空调带来的丝丝凉意，心里顿觉舒服多了。车行至半路，我觉得口渴，便喝了一口矿泉水。没想到车子突然一个急刹车，我猝不及防，矿泉水直接倒在身上，当时特别地尴尬。就在这时，边上一位大姐递给我一包纸巾，让我赶紧擦擦，不然湿漉漉地待在空调里会着凉。我感激地朝她笑笑，心里特别温暖。

这位陌生的大姐不知道，她微小的善意清凉了我记忆中的整个夏天。

工作后不久，我报名参加了夜校培训班。每晚九点下课后，我再骑自行车回自己的出租屋。

那个冬日，天特别地寒冷。刚骑出夜校便觉得手要冻僵，一路上我瑟瑟发抖，只盼能早点回到自己的小屋。十分钟后，车骑至一个拐角处，我看见有位男子正在吆喝着卖烤地瓜。看见我，他主动招呼："妹子，吃个地瓜暖暖身。"我摇摇头，心里还担心自己的安全。没想到才往前骑几米，却发现前面一片漆黑，原来路灯不知道什么时候坏了，虽说不远处就是自己的小屋，可这前面黑漆漆的也真让自己有点害怕。跳下车，我借着月光，战战兢兢地往前走，右手不停地摁响车铃给自己壮胆。

突然，身后有一束光线照过来，犹如黑暗里的指明灯。我回头一看，原来是那位卖烤地瓜的男子，手中正晃动着手电筒。

我的眼睛模糊了，寒冬下这位陌生男子的善意温暖了我的心房。

每天上班的路上，我都会遇到环卫工人在扫大街，我总是捂着嘴憋着气，躲避那飞扬的灰尘。

那天早上，我准点出门，走过拐弯处，依旧看见远处有环卫工人在扫地。我无奈只能继续往前走，走到一半时，正想捂嘴，突然发现那个环卫工人停下手中的活。我以为她扫累了要休息，暗自窃喜，赶紧跑下坡，以躲避那讨厌的灰尘。跑过她身旁时，我回头看她，她做了个让我快走的手势。我这才明白，她是主动停下来，让我避开灰尘的。

那一刻，我的心被柔柔地撞击了，这个善意虽微小却很暖心。

生活中，我们或多或少会得到陌生人的帮助，他们小小的善意时时温暖着我们的心怀。这些时光里的微感动，让我们真切地感知到这个世间的美好。

第五辑

Chapter Five

一份纯美的怀念

▶ 文 / 风絮

友谊是心灵的结合。

——伏尔泰

一

我自幼喜欢吃烤红薯，莫名地喜欢，没有理由，没有原因。于是，隔三差五，我总要买上几块烤红薯，在那绵甜的味道里，心情会变得格外轻松和满足。

初三下学期的早春，天气时冷时热，倒春寒频发，我得了感冒。老师安排同学陪我去校医务室拿了药，送我回宿舍休息。谁知第二天，我竟然发起了烧，头晕晕的，感觉身体没有一丝力气。更要命的是，我的腮上和舌头上起了很多水泡，钻心地疼。

我坚持着不给家里打电话，因为父亲要上班，母亲知道了一定会步行到学校。几十里的路，她因为着急，走得汗流浃背也不肯歇息，会再次引发她的腰疼病。

晚自习时，我一个人病恹恹地躺在宿舍里，一口一口喝着舍友帮忙打回来的粥。这时，门外响起了敲门声，一下一下，不疾不徐，却不间断。

我打开门，原来是我们的班长，一个清瘦的帅气男孩。

“好点了吗？”他有些羞涩。要知道上世纪80年代，男女同学之间还是有“鸿沟”的。

“吃了药后好多了。”因为口舌生疮，我说话有些含糊不清。

“你怎么了？说话怎么都不清楚了，我陪你去医院看看吧！”他很认真地说。

说话太疼太费力，我拿来纸笔写：我没事，口舌生疮，疼得厉害。他看了，点点头。

“那你想吃什么？我给你去买。”他望了一眼碗里的粥，又说：“光喝点粥怎么行，不吃饭病好得慢。说吧，你想吃什么，我去买。”

我在纸上写：我什么都不吃，吃不下去，也不想吃。

“不吃饭怎么行？我知道你口舌生疮，但总得坚持着吃点东西啊，这样病才能好得快。”他是那样地真诚。

“你等着。”说着，他转身急急地走了。

二

有一节课的功夫他才回来，从怀里拿出来一个纸包，不好意思地说：“我知道你喜欢吃烤红薯，尝尝我特意挑的，很软，你用勺子挖着吃，应该能行。”他腼腆地、不知所措地挠着头。

“你一定要吃啊！我先回去了，晚自习快结束了，我得回教室收拾一下，记得一定要吃啊。”说着，他转身，飞快地走了出去。

我剥开纸包，烤红薯的香静静地在空气里缭绕。那块烤红薯，很软很糯，在以后的很长时间里，一旦回忆起当时的味道，无一例外地都是无与伦比的香甜。

后来听同桌说，他打听了我最喜欢吃的东西，然后出去买。因为已是春天，卖烤红薯的人少了，加之是晚上，更不容易买到。他转了好多地方，终于在一家超市买到了最后一个烤红薯。

那块烤红薯，让我的心里升腾起丰沛的暖，病仿佛一下子好了很多。随后是紧张的复习、测验、模拟考试，我和他再无交集，但烤红薯的香在我的记忆里久久弥散，挥之不去。

再后来，我们考上了不同的学校，毕业、工作，失去了联系。

多年后一次偶然相遇，说起那块烤红薯，他说：“作为班长，我应该给你关心。再就是，我知道一个人生病时很需要别人的呵护。我是一个孤儿，我知道那种情景有多凄凉。”

他居然是个孤儿，这是我多年后才知道的秘密。

15 岁时的烤红薯，一份纯美的怀念。

救

▶ 文 / 雪原

味着良心做事是不安全、不明智的。

—— 马丁·路德

乡村的夜是那样安静，风也收起了翅膀，怕惊扰夜的酣梦。

杨文起身走到母亲的门前，把耳朵贴到房门上，母亲已经睡熟了，发出轻微的鼾声。他回到床上躺下，翻来覆去，依旧难以入睡。

下午，杨文正准备去学校接儿子回家看母亲，突然接到邻居的电话，说母亲犯了心脏病，幸亏发现得及时，病情已得到控制。杨文一听火急火燎，赶紧接上儿子，开车直奔乡下老家。此时太阳落山，暮色渐浓，行人稀少，杨文加快了速度。

自从父亲去世后，母亲一个人住在乡下，几次叫她来城里住，她都不肯，说在城里生活不习惯。杨文只好依着母亲，每个周末都回家看母亲。母亲有腰疼病，是因为他才落下的。那年他上大学，学费不够，母亲瞒着家人去码头抗麻袋，学费是凑齐了，母亲的腰却弯了，一到阴雨天，还隐隐作疼，随着年纪增大，疼的次数也越来越频繁。想到此，杨文恨不得立马就到家看到母亲。

“爸，前面有车！”后座儿子杨小乐的喊声把杨文恍惚的神经拉回来，他猛地一下踩住了刹车，但还是和前面的车来了个“亲密接触。”杨文赶紧下车查看，前面是辆农用三轮车，侧翻，车上没人。他看看了自己的车，有些刮痕，不碍事，便转身上车。

“救命啊，救命啊，我的腿断了啊！”杨文一惊，心想坏事了，肯定是自己撞上了三轮车，三轮车侧翻，上面的人跌下车摔断了腿。

“好人啊，救救我啊，救救我……”杨文围着三轮车看了一圈没看到人。仔细听听，声音是从路边的沟里传来的。杨文忐忑着走到沟边，借着车灯的光往下看，是个老妇人。她躺在那里，不时地呻吟着。

“好心人，救救我，不是你撞我的，我不会赖你的，救救我吧，哎哟……”杨文掏出手机按下110，电话却打不通，他仔细看看手机，原来是前几天换下不用的旧手机。他犹豫了一下，快步走回车上，开车离开了。

“那个老人怎么样了呢？”睡不着的杨文头脑更加清醒了。“我不是不救人，我是拿错了手机。”

“杨文，你不要为自己开脱了，见死不救，伪君子！”有一个声音说。

“我担心母亲的病，你知道当时我心里有多着急吗？要是母亲有个好歹，我就成了令人耻笑的不孝之子了。”

“杨文，你不要拿母亲的病做挡箭牌，母亲叫你见人危难不伸出援手了吗？那个受伤的人她也是个母亲！”那个声音厉声喝道。

杨文打了个激灵，从床上坐了起来。

母亲最恨见人有难不帮的人。自打懂事起，母亲就一直对杨文说，要做个善良的人，他小时候落水就是被陌生人救起的，要不然早就没命了。所以遇到有人落难，一定要帮。想到母亲的教诲，杨文的心猛的一颤。

杨文穿衣起床，轻轻推开母亲的房门看了看，母亲睡得很安然。他悄悄关上门，然后蹑手蹑脚地走到院子外的胡同口，他的车停在那里。上车，启动，杨文开着车来到了老人出事的地方。

三轮车还在歪着，四周静静的，静得悄无声息，仿佛连空气都不舍得流动了。杨文拿着手电筒往沟里照看，不见老人的影子。又沿着路来回寻找了几遍，依旧不见老人的影子。杨文深深地舒了一口气，顿觉神清气爽，浑身轻盈了许多。

几天后，有人敲门，是一个陌生的年轻人，问："这是杨小乐家吗？"杨文点点头。

"太好了！杨小乐呢？"年轻人满脸笑容。

"你找小乐有事？"杨文上下打量着年轻人。

"嗯，是杨小乐救了我，我要当面谢谢他。"

"小乐救了你？"杨文有点丈二和尚——摸不着头脑。

年轻人说："那天我急着去外地接女朋友，没注意小岔路口拐出来的三轮车，等反应过来，减速已来不及，结果把三轮车连车带人一下子刮倒在路边，老人摔到了沟里。当时天已黑路上没人，我又着急接人去，就起了逃逸的念头。与女朋友说起撞人的事儿，她狠狠地批评了我。第二天我去自首，得知老人已被送到医院。我去医院看望她，大夫说'幸亏报警及时，救助及时，不然老人体弱又重伤，极可能会有生命危险。'后来才知道是杨小乐报的警，小乐，谢谢你！要不是你报警，老人家如果有个三长两短，我就完了。"

杨文更糊涂了，细问儿子杨小乐才知道：原来，那天爸爸说拿错了手机就没有报警，但小乐没有告诉爸爸他那天参加了交通知识安全培训，老师特意让他们带了手机。授课的民警告诉了学生们交警大队的微信、微博等信息平台及报警的方法，同学们纷纷加了交警大队的微信和微博。随后，小乐从书包里掏出手机向交警大队微信平台发出了发生事故及地理位置等内容的微信。

杨文内心充满了愧疚，他对小乐说："儿子，你真是个善良机智的好孩子。"

"很多很多人都很善良，就像最疼爱我的奶奶犯了心脏病，如果没有邻居的及时救助，奶奶的病情就得不到控制，后果将不堪设想。"13 岁的小乐严肃认真地说。

奶奶正坐在太阳下晒太阳，小乐偎进奶奶的怀里，祖孙俩笑得那样灿烂。

缔造者

▶ 文 / 谢高安

正义和自由互为表里，一旦分割，两者都会失去。

——富尔克

从手指轻微的动作来看，这个人尚存意识，也就是说，还有救。

三天后，一切不出所料，他醒来，身体完好无缺，只是仿佛忘却了过去的种种罢了。但费德里医生说，没关系，记忆，除了恢复，其实更可以塑造。

这话儿听起来有点过于专业，尤其是在那些日子，北国联军压境，谁会有更多时间去照顾一个这样的病人呢？一顶法兰西大毡帽，一看便知道是上过战场的人。

但费德里医生不愿意放弃任何一个自己的病人，波特，他给病人取了这个名字，然后，开始他的记忆之旅。但与传统的，带着病人到处寻找记忆突破点方式不同的是，波特从来没有被拉去一些大家常去的地方，甚至很长一段时间都未走出费德里医生的病房。

有人悄悄窥视过，波特的病房有很多书，关于人生的那种。而且，费德里医生每天都会花上好几个小时陪在波特身边，给他讲他过去的种种事迹。

“你是一名优秀的军人，”费德里医生郑重地说：“敌人的部队包围我们时，是你带领自己的战士夜袭敌军大本营，射杀了敌军统帅。你还一把火烧掉了敌军的粮草，敌人不战而退，波特，你是国家的英雄。”

是的，波特若有所思，自己的确在战场上呆过，而且，也会偶尔想起，自己似乎是从马上摔下来，然后便全部忘记了。不过从费德里医生那里，他越来越多地了解了自己，他为自己的过去感到骄傲。而且，当得知敌军再次袭来时，他一腔热血，决定奔赴战场，加入骑兵队，做回自己。

所有人都支持他，包括家人，在费德里医生的指引下，他宣誓效忠拿破仑将军，为法兰西而战，出发前，他朝天怒吼。

凭借他的智慧，更重要的是一腔热血，“他那种不怕死的精神感动了整个骑兵队，”报纸上如此描述，“年轻有为的骑士，法兰西的英雄，拿破仑亲自嘉奖的将领。”

当敌军被驱逐，当法兰西雄立于欧洲大地时，波特也功成名就，响应拿破仑将军的号召，把战场设置在敌人的土地上。攻城略地成为爱国运动的延续，而且，他们越战越勇，敌人闻风丧胆，只要波特铁骑所至，除了血腥，便是臣服。

不知什么时候开始，波特似乎忘却了过去，也不愿意去想象过去，眼前的成就足够令他去陶醉、思考，战争的硝烟不容他回到从前。向前冲，他对身边的士兵说，退缩者杀无赦。

然而，世事就是这么奇怪，当波特决定放弃了过去，不再在乎过去时，过去却突然袭来。当战马嘶嚎，自己再次要从马上摔下时，他突然一个激灵，脑海里一阵血涌，过去如阵阵画面向他卷来。

波特确实叫波特，身边的人都知道他叫波特，但他却不是什么英雄，他是一位逃兵。而且，向来就不为身边人所喜欢，为国家所不齿，在逃跑中摔伤了自己，活该！费德里医生明知这一切，只是为了证明自己，证明人性深处的某些东西，他，还有波特身边的很多人，共同为波特塑造了新的人生。

人是可以再塑造的吗？记忆真的可以颠覆吗？正如费德里医生所言，这些都是人性的思索，既然如此，那就只有波特，唯有他自己才知悉真实的存在。

拿破仑将军的战马几乎横扫欧洲，遍地饿殍，这到底是一个国家的骄傲还是整个人类的悲哀，波特不愿意去思考，但脑海深处，源自内心深处的那些呼唤却如潮涌般袭来。自己本就不是什么英雄，而且，谁会知道，当初自己并不是逃跑，只是为了反对战争而奔走前线。说到底，自己反对一切战争，而这些与国家无关，与英雄无系。

波特逃跑了，没有人知道他去了哪里，他到底要干什么，为什么会这样？这是一个关于人性深处的问题，或许根本就没有答案。

入 侵

▶ 文 / 粗糙王子

当一个人言行不一致时，这就完全糟了，这会导至伪善。

——列宁

可以说，屋大维大军已经占领埃及，至少，在领土上，罗马已经完成了它的惊世伟业。

这是一次成功的入侵，但却并不完美，当然，屋大维政权完全可以接受这种不完美。即便是鼎盛的波斯王朝，也不见得有今日罗马的辉煌，只不过，只留下一个小小的波卡迪亚镇，总让人觉得那是一根刺，让人彻夜难寐。

其实，穷凶极恶的罗马军团绝对不会把一个小镇的小挣扎放在眼里，而那些著书立说的法老，更不屑在这么一个小细节上大费周章。不就是感觉有点不一样嘛，如果你不去看它，想它，根本就可以忽略不计。

但有个人却不这么认为，他是屋大维的功臣，唤作奥古特，当他偶然经过薄卡迪亚镇时，便觉得气氛不对。为什么当地的居民没有任何不满情绪，一如往常那般干着自己的活儿，完全没有注意到已经改朝换代一般。他甚至看到一个罗马士兵轻轻松松地在一家酒肆赊账，而且没有丝毫胁迫，完全就是自然而然。

奥古特认为，这里头一定有什么地方不对劲，而且，他预感，这种危机最终将威胁屋大维政权的稳定。

为了把内幕调查清楚，奥古特在波卡迪亚镇悄悄住了下来，第二天一大早，还特意赶到那家酒肆，偷偷将墙上记载的赊账记录擦掉，然后大摇大摆地坐下来。他想看看接下来会有什么好戏，要知道，在罗马的规章里，赊账必须是要有凭证的。

可是，那些顾客，包括好些罗马士兵，竟然规规矩矩地把数量不等的皮阿斯特（钱币）交给店主，墙上的账本完全不起丝毫作用。

奥古特跟上那几个罗马士兵，严厉地问道，你们为什么不直接喝酒呢？难道我们不可以随意拿点东西吗？他的意思很明确，就是鼓励士兵去掠夺。当然，并不是贪图这一点财物，而是不愿意看到这样和谐安逸的一幕。

为什么要抢呢？几个士兵的眼神明显很迷惑，罗马军团占领埃及后，已经赢得了最后的胜利，而且所有人都觉得很疲惫，他们来到这座小镇，只希望安静地生活。而这座小镇的氛围让他们得到了想要的感觉，和平、幸福，完全没有统治与被统治的关系。

但奥古特不这么认为，他坚信，屋大维不需要这种氛围，罗马政权必须得用铁与血的政策来完成对每一处的教化，很快，他向波卡迪亚镇派遣了更多的军队。

可惜，这座小镇就像一片无望的空间，无论往里面塞多少部队，进行多大压制，里面的居民就是不为所动。谁来都一样，他们只想过自己的生活，与任何政治、军事、暴力毫无关联。那些被派遣过来的军队也非常遵循这种生活规则，竟然没有人愿意无故地去破坏它。

这是一种入侵的失败，是一次不成功的占领。奥古特在高级军事圆桌会议上讲述，罗马军团必须注意到，任何占领如果没有在文化上进行入侵，都是不成功的。而且，入侵者很可能会被当地丰富的、固有的文化所同化，也就是说，最终被占领的不是敌人，而是我们自己，罗马覆灭的另一种方式。

不过，罗马最终还是建立了持续600年的辉煌王朝，虽然史学家并没有记载这么一个小曲折，但从罗马后来的许多政策可以看出，从奥古特开始，更加注重了文化的构建，即文化的入侵与占领。

波卡迪亚镇的失陷是在三年后，当罗马人按照某种策略开始频繁地花钱在镇里购买土产品，当一个地方的所有一切都逐渐可以用财富来衡量时，终于，奥古特有一天发现，小镇不再赊账，因为太多的顾客让他开始计算不清，他迷茫了。

当越来越多的细节已经变化，文化的颠覆也自然而来，罗马文化在有计划的进攻下逐步破解了一个地方成百上千年沉淀的规则，到底是成功还是失败，已难以辩解。只是关于侵略、关于占领，一个不经意的细节丰富了风云变幻的世界。

夜的表面是黑色

文／贺田露

太阳既不会夸大，也不会缩小，有什么就照出什么，是什么样子就照出什么样子。

——高尔基

有时候，连他自己也不清楚，自己到底是清醒还是迷醉，尤其是在这样的夜里，摸到艾斯丽的家门口，贴在冰冷的铁皮上，也不敲门。直到猫眼里透出一丝光，他才迷糊着说，艾斯丽，是我，瑞恩。

大兵瑞恩，不过，这是多年前战友给他的称呼，这些年，一切都变了，他成了危险分子，还多次与警察发生过冲突。所以，艾斯丽有点犹豫，片刻之后才质问，你来干什么？我说过，以后不要再来骚扰我。

这算是骚扰吗？瑞恩一阵苦笑，这样的铁门，他可以毫不费劲地进去，但他从不愿这样做。那么，知难而退吗？他也不，他只是静静地靠在那里，什么也不说，什么也不做，只是偶尔地动一下嘴角，便将手中的酒瓶举起来，咕噜噜一阵狂饮。他的世界，似乎早已随着战争的结束而结束了。

艾斯丽最后还是把门打开了，叫他自己进来，然后，丢过来一套衣服，还有毛巾，对他说，这些都是坎德奇的，应该很合身。

瑞恩走进盥洗室的时候，艾斯丽轻轻松了一口气，是不是要报警，对方算是自己的朋友吗？不是，他最多只能算是坎德奇的朋友，可是，作为朋友，怎么可以在战场上不顾朋友生死，不仅如此，坎德奇牺牲后，他竟然来骚扰战友的妻子。

艾斯丽拿起话筒，想报警，可到最后一刻，她又犹豫了，瑞恩并不坏，无论是坎德奇在或者不在的时候，他都从未有过什么不轨举动。即便喝醉了，也只是过来坐坐，看看坎德奇的相片还有已经老化的狙击枪。或许，他只是为了寻找曾经的记忆罢了，对自己并没有什么恶意。

如此想着，艾斯丽便要放下话筒，可心里又总觉得不合适，不应该这么犹豫，在美国，私闯民宅是犯法的。再说了，瑞恩从事实上已经影响了自己的生活，即便不算骚扰，也可以定性为不法行为，是要受到惩罚的。

我并不是要害他，我只是为了双方都好。艾斯丽想着，还是报警吧，手指颤抖着按下去，9——1——1，一个一个按钮，接通了。可是，当话筒里传来声音的那一刻，瑞恩拿着毛巾从盥洗室出来了，一边擦拭湿漉漉的头发，一边奇怪地盯着她看。

艾斯丽想掩饰，但这个时候，电话铃响了。她拿起话筒，对方的声音很清晰，很大声，小姐，请问是您报警吗，有需要我们做什么吗？

没有，不好意思，刚刚我家的猫撞到了窗户，现在没事了，谢谢。艾斯丽镇定地回答。可是，对方似乎并不满意，仍然追问，小姐，你确定不需要我们做什么吗？你确定没有被人威胁？

没有。艾斯丽回答得很干脆，然后，挂掉电话，对瑞恩说，你知道的，在美国，报警之后如果没有回应的话，一般会打回来。瑞恩一句话也没说，对不起，他良久才吐出这三个字，然后，转身，出去，关上铁门，一次都没有回头。

凉风袭来，他不觉得丝毫的冷，只是脑海里不断地播放那场战役的画面，坎德奇被炸弹击中了，躺在两军火力交集的中央。指挥撤退的中尉告诉瑞恩，不要回去救他，一是他很可能已经死了，二是你自己也很可能因为救他而丢掉性命。

瑞恩并不是艾斯丽所想的那样，他去了，而且，成功地把坎德奇背了回来，只不过，中尉说，你看，他确实牺牲了，你这样做不值得。

谁都觉得自己不值得，瑞恩朝天长啸，他不想跟任何人讲，当自己跑到坎德奇身边时，他还有一口气，他用这一口气说了三句话，瑞恩，我就知道你会回来找我；记住，帮我照顾好艾斯丽；夜的表面好黑。

瑞恩非常清楚，坎德奇嘴里的照顾，其实就是让他去追艾斯丽，成为她的男朋友、丈夫，这才是真正的照顾。只不过，瑞恩做不到，每当自己对艾斯丽哪怕有那么一丁点想法，他都会觉得心中有愧，觉得对不起坎德奇，自己死去的战友。

瑞恩之所以没有离开，还常常“骚扰”朋友之妻，只是不愿意看到一些不三不四的男人前来，甚至曾经因为殴打那个欺骗艾斯丽的男人而与警察发生了冲突。瑞恩晃荡在空寂的街道上，思绪纷飞，突然觉得自己理解了那句话的意思，夜的表面是黑色。

女人之美

文 / 芳语

> **善良的心地，就是黄金。**
>
> ——莎士比亚

上完礼仪课我直接去邮局。走进邮局的大门，我的脑子里还盘旋着礼仪老师的话：礼仪包括姿势、动作和表情，女人应该保持一种洒脱、自信的形象。

我到邮局大厅的一张桌前填汇款单，桌前已经有一位女人坐在那里。我瞥了她一眼，她的衣着普通，短发，几缕头发披散下来，遮住大半张脸，一个布包放在桌上，半旧的样子。

我在心里为她开脱：不是每个女人都有精力与能力顾及自己的形象的。我看一眼她手里的笔，心里不由地“呀”了一声。她手里的笔，是用一张白纸卷住一个圆珠笔芯制成的。这样的制作游戏我在中学时常玩。我在心里暗暗批评：不注意细节！一支圆珠笔，不过一两块钱。

我往她的另一侧挪了挪身子，开始填单，却不料桌面上粘贴的一支笔写不出字。我摸摸包，不巧，今天没带笔。我只好求助地看着她，看着她手里的那支用白纸自制的圆珠笔。她感觉到了，抬头看了看我，微微一笑。她三十多岁，皮肤不是很细致，却有一种自然的光泽。她迅速填好手里的单子，将笔推给我，我说声“谢谢”，埋头填单。

填好单，找钱，交营业员，收回执单，我大步流星走出邮局，家里还有一大堆家务等着我。女人忙工作，忙家庭，成天忙得滴溜溜转，保持良好的风度谈何容易。我恨不得撒开腿往家里跑，可是礼仪老师说了，宁可大步走，也不要小跑，小跑破坏风度，大步走给人一种利落忙碌的印象。我甩着胳膊走，胸前水绿色的丝巾被风吹到脑后，与长发一起飞扬。

“前面的妹妹，等等——”好像有人在叫我，我回过头，只见刚才在邮局见过的那女人向我追来。她的短发随着跑的节奏上下起舞，被风一吹，更乱了。她跑得气喘吁吁，面色通红。

我看着她，有些疑惑，忽然之间，我恍然大悟。她的那支用白纸自制的圆珠笔我忘记还她了，我有些愧疚，同时，心里隐隐生出一些不屑。

她跑近了，我把那支用白纸自制的圆珠笔递给她，有些冷漠，我想说，我不是故意的。话未到嘴边，我愣住了，我看见她手里拿着一个钱包，我的枣红色钱包！那是一个朋友送给我的生日礼物，里面除了钞票，还有工资卡，医疗卡。我不知道那一刻我的表情怎样变幻，不屑、惊讶、惭愧、感激，还有一种我说不出来的情愫，我都忘了是否跟她说声谢谢了。她把钱包放在我手里，笑了笑。她的笑容和善而美好，她的眼神像一片不掺杂质的晴空。她接过她的白纸自制圆珠笔，又一路小跑离开。我看着她跑远的身影，半天才醒过神来。一霎时，我的眼前升起一团朦胧的雾水。我顾不上路人奇奇怪怪的眼神，对着她的背影，深深地鞠了一躬。

那一刻我明白了，本色、诚实、质朴，那才是一个女人美的灵魂。

一个梦

▶ 文/芳语

什么叫做失败？失败是到达较佳境地的第一步。

——菲里浦斯

那一年他才十多岁，父母进城打工，他也随着转入城里的一所中学。

一切都是陌生的。说普通话的同学，漂亮的老师，高大的教学楼，明亮的教室，洁净的校园里大棵大棵的槐树。一切很美好，跟以前大不相同，他有一种如在梦里的感觉。同时他又是自卑的。

他衣着陈旧，说蹩脚的普通话，英语课上根本不敢发言，午饭时吃食堂里最便宜的饭菜，和同学一说话就脸红……他觉得自己卑微得像一棵不起眼的草。

那一天，他照例上学。走在校园里，他看见小路两旁的槐花开得雪白雪白，香气扑来，沁人心脾。路过办公楼，他看见英语老师夹着课本走出来。他没有像别的同学那样，脆生生地问老师好，只是对老师笑笑，羞怯地低下头。英语老师停了停，等他走近，并排着和他一起走。

沉默着走了一会儿，他听见老师说，真奇怪，我昨晚做了一个梦，梦见你了。啊？他抬起头，看着老师，脑子里飞快地旋转着，老师梦见我什么？考试不及格？课堂上答不出问题？遭到同学讽笑？半晌，他鼓起勇气问，您梦见我什么？老师笑笑，说，我梦见你得了全班第一名，学校的颁奖会上，你上台领奖。

他一下子愣住了。老师怎么会做这样的梦呢？全班五十多个学生，他是最不起眼的一个，他一直以为老师根本就不认识他，他怎么会跑到老师的梦里去呢！考全班第一名，在学校的颁奖会上，上台领奖。这样的情形，他幻想过，可那只是幻想，从来没想到过会实现，可这居然是老师的一个梦呢！他一下子觉得喉头哽哽的，一股血液冲上脑门，他感激地看看老师，老师似乎并没在意，继续走着。有槐花落在老师的肩头，一朵，两朵，每一朵都雪白芬芳。

打那之后，他像变了个人似地努力学习，课堂上，积极举手发言，课后有问题就跑到老师的办公室请教。他蹩脚的普通话常常引得同学们哄堂大笑，他知道大家其实并无恶意。还有同学拍着他的肩膀说，你说话很有味道。他的成绩一路攀升，这让同学们对他刮目相看。

高中毕业后，他顺利考入大学，几年后，他回到这所中学执教。

走在槐花盛开的校园里，他常常想起那位英语老师，想起老师的那个梦。那位老师已退休，回到乡下养老。有时候他很想去看看老师，问问她，当年的那个梦，她真的做过吗？他又摇摇头，梦是真是假已经不重要了。

课堂上，他会把自己的故事告诉学生，他说，每一个人，每一个梦，都很重要，要勇敢地去实现你的梦想。这样说的时候，他扭头看着窗外，槐花正热烈地开着，一朵两朵，每一朵，都那样的雪白与芬芳。

一只温暖的小手表

▶ 文 / 王晓

人生如花，而爱便是花的蜜。

——莎士比亚

丈夫从上海回来，带回一只卡通手表给儿子。手表精致、漂亮，小小的表盘上，有时间数字，有指南针，有夜明灯，旁边一个小小的按扭，轻轻按下，布谷鸟的歌声便唱起来。丈夫说，这表防水，防压，水下十五米也不会损坏。儿子喜欢得不得了，捧着他爸的脸左亲右亲。

儿子第二天上幼儿园坚持要戴新手表去，我拗不过他，只好同意。晚上去接他，他喋喋不休地说："妈妈，今天，我把小手表给好朋友看了。我的好朋友有马君瑶，吴宁……"停了一下，又说："宋晓康也要看，我没给。"我一惊，忙问："他有没有打你？"儿子说："他把我推倒了，我告诉老师，老师罚他站着。"我吁出一口气。

宋晓康我认识，是幼儿班里有名的打架大王，长得高高壮壮。他曾经将儿子打得鼻子出血，将别的小朋友手指扭伤，还喜欢用小刀划女孩的小裙子，老师对他很是头疼。一次他与儿子打架后，我要求老师跟他的家长联系一下。老师为难地说："这孩子父母离婚了，都不管他。他住在奶奶家，奶奶七十多岁，管不了也顾不了他。每天上学放学，没有人接送他，都是他自已走的。"我也不好再说什么了。

我与儿子走到幼儿园门口，看见宋晓康站在那里，他向我们慢慢走来，似乎有些难为情。他说："阿姨，我很想看一看王一帆的小手表。"儿子高声喊："不给你看！你爱打架，不是我的朋友。"宋晓康抬起头，看着我，说："阿姨，我就看一眼。"我低头对儿子说："给他看看，也看不坏的。"儿子这才把手伸出来。

宋晓康低头看着，用小手指轻轻抚摸一下，说："真好啊！阿姨，从哪儿买的？"我说："王一帆的爸爸从上海买的。"宋晓康问："阿姨，能不能帮我也买一个。"我愣了一下，随口道："你要做个好孩子，不打架，阿姨才给买。""真的？"他抬起头，眼睛里一下子放出光芒。我自觉失言，有些支吾："你要做个好孩子。"然后，领着儿子走了。

以后，在儿子的口中，渐渐多了宋晓康的名字。"妈妈，今天我和宋晓康帮老师端饭，老师奖给我们一人一颗小星星。""妈妈，老师说宋晓康有进步，今天让他领着小朋友唱歌。"……我想起自己的承诺，想起每次去接儿子时，宋晓康看着我，那种无言又渴望的眼神，心里隐隐有些不安。我忽然想起来楼下的商店里好像有卖普通的卡通手表，于是下楼去找，可是卡通手表已售完。我想：算了吧。

那次去接儿子，宋晓康又站在大门口。他说："王一帆，再给我看看小手表吧。"儿子伸出小手腕，过一会儿，儿子摘下手表，给宋晓康戴上。看着孩子们欢喜的表情，我忽然有些惭愧。宋晓康将手表还给儿子，抬起脸，说：“阿姨，我听老师的话，听奶奶的话，没有打架，自己洗脸，自己吃饭。阿姨，老师说我是个好孩子了。”我心里一热，点点头：“阿姨会送你一只手表的。”

晚上，我给远在上海的丈夫打电话：“再带一只手表回来吧……”

当我把漂亮的卡通手表戴在宋晓康的小手腕上时，他怔了怔，继而高兴地跳起来，紧紧拥抱我一下，说：“谢谢阿姨！”我也开心地笑了。

母亲节那天，我去幼儿园接儿子，宋晓康站在门口，手里拿着一幅画。他走过来，轻轻地说：“阿姨，我想送个礼物给你。”他将手里的画递过来。一幅漂亮的水彩画，大大的房子，房上有高高的烟囱，院子里，有长头发的妈妈，短头发的爸爸，还有一个小小孩。我的眼睛湿润了，将宋晓康紧紧拥进怀里。

爱的小星星

文 / 王晓

只有理性才能教导我们认识善恶，使我们喜善恨恶。良心尽管不依存于理性，但没有理性，良心就不能得到发展。

——卢梭

大学毕业那年，因为一心扑在考研上，结果，研究生没考上，工作也没有着落。于是，我回到家乡的小城。

夏天快过去的时候，我听说附近一家职业高中曾招聘教师。虽然招聘期已过，可我还是决定去试试。

将个人资料递给校长的时候，我看见他的眼睛一亮。没过多久，我便收到这家学校的录用通知。

事后才知道，因为留用我，学校取消了另一位女孩的录用资格。这个消息是教导主任在午餐时说给我听的，他说的时候，语气有点意味深长。我微笑，心里却不以为然。公平竞争，优胜劣汰，这有什么好说的。

不过我能理解教导主任的顾虑，他怕我不珍惜这份工作。确实，在我心里，这里不过是一个临时的跳板。

我教的科目是计算机。每天，我认真地备课，因为备课本是要定期收上去检查的。然后，夹着课本去上课。

每个教室有四五十个学生，学校采用半军事化管理，学生身着统一服装，坐得直直地看着我。我开始讲课，第一节课讲计算机的起源与发展，下节课讲计算机的结构，然后是原理……当我讲到枯燥的“0”“1”代码时，我发现越来越多的学生趴在桌子上睡觉。

我喊起一个睡觉的学生，他揉揉眼睛，接着听讲。可没过多久，又昏昏欲睡。我知道多数同学还在认真地听，便不再管他，自顾自讲着。

在我看来，这群学生的境遇跟我差不多。这是一群没有考上高中的孩子，家长把他们送来，能报多大希望？就是他们自己也有些茫然吧。

只有在上机时，学生的热情才会空前高涨。可学校计算机资源有限，常常两个学生使用一台微机。

几个月下来，我能感觉出，学生学到的知识实在有限。再想想又不是我一个人的责任，便释然。

直到一天，我遇到那位女孩。

女孩就是被我淘汰下来的那位，下班的路上，我见她直直地向我走来，心里很奇怪。在这之前，我见过她，她几次去学校找校长，希望能被留下，但结果让她失望。我还记得那次我夹着课本从教室里出来时，她正好从校长室走出，我们一前一后走在走廊里。我一扭头，见她正看着我，眼神里有一种复杂的情绪。

我猜不出她找我的目的，便停下脚步，等她开口。

她的脸红了，说：“你大概知道我的，我一直，很羡慕你。”

我觉得她在口是心非，仍然不说话。

她仿佛看出我的心思，脸更红了，说："我本来是一名普通女工，业余自修计算机专业，今年正好专科毕业。去学校应聘后，听学校内部的人说，我被录用了。我从小的理想就是当一名老师，我整整兴奋了一个夏天，天天等着录用通知。"

她仿佛嗓子发干，使劲地咽了咽，我静静地听。

她接着说："每天晚上，我都坐下来叠小星星。我想象着自己走上讲台，把这些小星星，奖励给学生。"

我这才注意到，她的手里，捧着一个纸盒，纸盒里装满五颜六色的小星星。

我有些感动，认真地看看她。这是一个长相普通的女孩，眼睛不大，两颊有点点青春痘，青春痘因为脸红而显得更红。

她将纸盒举过来，说："可是现在，我已经用不着了。再过几天，我要去另一家公司上班。这些小星星，送给你的学生吧。"

将纸盒塞进我手里，她转身走了。

我呆呆地看着她的背影。自负的我第一次意识到：学校将我顶替了她，其实是一个失误。

我抓起一把小星星端详，心里还有些疑惑：这些小星星，学生们会喜欢吗？那是一群十六七岁的孩子，他们并不像她想象得那样单纯。

出乎我意料的是，当我把这盒小星星带到讲台上时，学生的眼睛一齐亮了。那一节课，学生的注意力空前集中，而我也受了感染。下课后，我找到校长，提出增加一批微机的建议。

我的建议很快被实施，我索性将所有课程都在微机室里讲。我三下五除二地将一台主机拆成一堆零件，举着 CPU 说："这是微机的大脑。"指着主板说：“这是微机的身体……”

课堂上，再也见不到一个睡觉的学生。

一年后，因为个人原因，我离开了这所学校。走的时候，我没有跟任何人道别，可我心里，充满了伤感的留恋。

许多年后，有一次我走在一家办公楼里，忽然有人跟我打招呼，我觉得他很面熟，却一时想不起，不好意思直说，便打着哈哈：“啊，好久不见，你越来越年轻了。”

眼前的人脸一红，说：“老师，你忘了我了，我是你的学生。”

这回轮到我的脸红了，我问他：“你怎么在这里？”

他说：“我在给这家公司调试电脑，我现在是某某电脑公司的技术员。”

我有些惊喜，某某公司是这个城市一家很有名的电脑公司，而他不过是一名职高毕业生啊。

他说：“老师，我应该谢谢你，是你激发了我学习的兴趣。这些年，我一直没有放弃学习，现在，我已经通过计算机本科的全部课程。你曾奖励给我两颗小星星，我一直留着。同学们常常议论，说你是最有爱心的老师。刚上职高时，我们都有些心灰意冷，觉得不管是家长还是学校，不过是在等着看我们混张不大管用的文凭罢了。而只有你，才肯花那么多的功夫为我们叠小星星，一直鼓励着我们……”

我微笑着听他说完，心里无比欣慰。我与他握手道别时，没有告诉他，其实，我也像他一样，留有两颗小星星。我希望我就是那个女孩。有时候，爱就是最好的老师，有爱做伴，人生的脚印，才会一路充盈着生动。